名もなき桜

NAMONAKI SAKURA

石丸千尋

ISHIMARU Chihiro

文芸社

目次

名もなき桜

プロローグ

「ねえ、お母さん、早くサアヤちゃん家《ち》に電話して」

「まだ、着いたばかりじゃないの。お爺《じい》ちゃん、お婆《ばあ》ちゃんに、ちゃんと挨拶《あいさつ》してからでも遅くないんじゃないの」

お母さんは、車からの荷物を玄関先に降ろしながら、忙しそうに答えた。

「お義父《とう》さんたち、近くにいるかもしれないから、探してみるよ」

お母さんにそう言うと、お父さんは玄関も入らずに外の様子を見に出かけた。

「おじいちゃん、おばあちゃんには、戻ってきたらちゃんとあいさつするから」

「しょうがないわね。それにしても父さんたち、どこにいるのかしら。私たちが来るの、わかっているはずなのに」

お母さんが、電話機の目の前に貼ってある手書きの電話帳からサアヤちゃん家《ち》を探し、受話器を取ってボタンを押した。

僕は、誰でもいいから早く出て、と祈った。誰も出ないと、またしばらくしてからじゃないと、電話をしてもらえないからだ。

「あ、サアヤちゃん。こんにちは。今、トオルがこっちに来てるのね、また一緒に遊びたいって言ってるんだけど、大丈夫かなぁ？　誰か、お家《うち》の人いる？　……そう、じゃあ、お家の人に、トオルと遊ぶからってちゃんと伝えてから出てきてね。うん、いつもありがとう。じゃ、トオルもお家出るからよろしくね。はーい」

僕は、お母さんのその後の言葉を待たずに「行ってきまぁーす」と言って、お爺ちゃんの家を飛び出した。

サアヤと初めて会ったのは、お爺ちゃん家《ち》に、梅干しを作るための梅の収穫を手伝いに来た時だ。梅干しのお裾分《すそわ》けをもらう手前があるからと言って、お父さんとお母さんは手伝いに来たのだ。初めのうちはそれを面白いと思って見ていたのだが、だんだん飽きてしまった。

梅の木のある場所から見える砂利道《じゃりみち》を、カゴをもって歩く同じ年頃の男の子を見つけたので、お母さんに「ちょっと行ってくる」と断って、その男の子を追いかけた。

追いかけられていることに気づいたのか、その子は、途中から少し歩くスピードをあげた。

「ねぇ、ねぇ」

その子が振り向いてくれないので、僕は近づいて肩を叩《たた》いた。

「何か?」

振り向いた顔を見て、すぐには返事ができなかった。メジャーリーグの野球チームの帽子を被《かぶ》っていても見間違えようがないほど、可愛《かわい》い顔をした女の子だったからだ。

仲よくなってから教えてもらったのだが、出掛ける時や、特別な時以外の普段着は、少し年上のいとこから届くお下がりを着ているのだと言った。もちろん、そのいとこは男の子だ。

「普段着は、買わなくて済むでしょう」

サアヤがそう言った時、

「でも、似合ってるからいいよ」

と言ったら、少しの間、口をきいてくれなかった。僕は「何を着ていても可愛い」という意味を込めて言ったつもりだったが、その時初めて、サアヤは本当は着たくて着ているんじゃないんだな、というのがわかった。

サアヤは、僕が見てもわからない花の名前や鳥の名前を、何でも知っていた。いつだったか、僕が青や赤色の混じった綺麗な大きな鳥を見つけた時、「わぁ、クジャクだぁ」と喜んだら大笑いをされた。「トオル君、あれはキジのオス鳥だから、絶対にクジャクとか言わないほうがいいよ」と。

僕が、サアヤの家に繋《つな》がっている道を歩いていくと、向こうからサアヤがやってきた。僕を見つけて小さく手をあげてくれたが、いつもとまるで雰囲気が違うので、少し恥ずかしくなった。

「出かけるの？」

スカートを穿《は》いて、ブラウスにカーディガン姿のサアヤを見たのは初めてだった。

「ごめんね。車が待ってるから、今日はお話ししかできないの」

「なーんだ」

僕はがっかりした気持ちが、そのまま口から出てしまった。

「わたしだって、本当はトオル君と遊びたいよ、でも仕方ないんだ」

サアヤが寂しそうに言ったので、なんだかさっきの言葉は悪かったな、と思った。

「いいよ、いいよ、お話しよう」

大きな石の上に二人で座った。

「ねぇ、トオル君。わたしと今まで遊んだこと、ちゃんと覚えてる?」

「当たり前じゃん」

僕は、広いトウモロコシ畑で鬼ごっこをして走り回ったことや、干し草を集めた中に潜《もぐ》り込んでかくれんぼをした時にサアヤに木の枝でツンツンされたことを思い出して話した。

「集めたばかりの、フワフワの干し草の匂《にお》い、僕、好きだったな」

「笹舟《ささぶね》を作って、川でどっちが早いか競争もしたね。トオル君、私に一度も勝てなかったでしょ」

そうだった。僕の笹舟は流れるどころか、同じ場所でくるくる回ってしまうこともあっていつも負けていた。サアヤには川の中の水の流れさえ見えるのかな、と不思議に思うことがあった。

「約束したことは？」

「え？」

「もう忘れちゃった？　わたしを連れてってくれるって約束したこと」

「あぁ、忘れてなんかないよ」

僕が、家族でテーマパークに行ったお土産《みやげ》をあげた時、サアヤが「私もいろんなところに出掛けてみたいけど、お父さん、毎日牛の世話で忙しいから無理なんだ」と俯《うつむ》いたのがかわいそうで、「僕が働けるようになったら連れていってあげる」と約束したのだ。

「トオル君、小学校にあがっても忘れない？」

「忘れないよ」

「中学生になっても？」

「忘れないよ、そんなの当たり前じゃん」

「高校生になっても?」

何度も訊《き》くので、僕を信じてくれないのか、という気持ちになって、

「んー、忘れちゃってるかも」

と、少しひねくれたことを言ってしまった。どうせ、サアヤが何か言い返してくると思っていたから。

会話が少し途切れた後、

「そうだよね。忘れちゃうよね。ずぅーと先のことだもんね」

そう言って僕のほうを見た。怒った顔はしていなかった。

普段なら、僕も何か言い返したはずなのに、その時は何も言い返さなかった。

僕を見つめたサアヤが女の子の服を着ていたせいで意識しすぎたのか、次に会った時に、また話をすればいいと思ったのか。

僕が何も言い出せないうちに、

「そろそろ、行かなきゃ」

と、サアヤが石の上から降りた。

「もう行っちゃうの、今度は、必ず一緒に遊ぼうね」

僕が言うと、サアヤは頷《うなず》いた。僕は石の上から姿が見えなくなるまで見送った。

僕が爺ちゃんの家に戻ると、間もなく爺ちゃんと婆ちゃんが二人で戻ってきた。

「トオル、残念だったね。ちゃんとお別れの挨拶できたのかい？」

お婆ちゃんが僕の顔を見るなり言った言葉が、僕には何のことだかわからなかった。

「母さんたち、どこにいたの？」

お母さんが戻ってきた二人に言うと、お父さんは「お留守なのにお邪魔していました」

と頭を下げた。

「いや、奥村さん家の夕実《ゆみ》さん親子が、実家に戻っちまうって聞いたから、びっくりして、
今、挨拶に行ってきたところだよ」

「ええ、どうして？　サアヤちゃんも一緒に？」

「雅弘《まさひろ》さんが農機具の事故で亡くなったんだけどね。四十九日《しじゅうくにち》も済んで、やっと落ち着
いたところだったんだ。なんでこんなことになっちゃったんだか、私らもよくわからない

んだよ。もう実家のお兄さんがワゴン車で迎えに来てたんだけど、ちょうど電話があったから、サアヤちゃんが、どうしてもトオル君とお別れの挨拶だけしたいって。それで、お兄さんと夕実さん、サアヤちゃんが戻るまで待っててくれたんだよ」

そんな話、サアヤはひと言も言ってなかった。

もう会えなくなるなんて、ひと言も……。

僕は、お爺ちゃん家を飛び出した。

「トオル、どこいくの。トオル」

お母さんの大きな声も聞こえないふりをした。もうどこかに行ってしまったのはわかっていた。それでも、じっとなんかしていられなくてただ走った。

大きな石の上に、さっきと同じように座った。そしてサアヤとの会話を思い出していた。

「忘れるわけなんか、ないんだよぉ。忘れるわけなんか……」

涙がぽたぽたと落ちて、石に染《し》み込《こ》んでいった。

「だって、僕はサアヤが、僕はサアヤのことが……」

白石亭　春〜夏

白髪《しらが》まじりの男性教師が腕時計に目をやる。時間を逆算して、授業の進捗《しんちょく》調整に入るのだろう。

教室の時計を見て、間もなく昼食かと思うと、僕はつい、今日は購買で何を買うかを想像してしまった。普段は母が弁当を作ってくれるのだが、母が夜勤明けの日は購買と決めていた。たまに何を買うか考えるから楽しい気がする。きっと毎日購買の昼食となったら飽きてしまうのだろう。

気のせいだろうが、彼の視線が浮かんできたパンを覗いているように感じたので、急いで頭の隅《すみ》から追いやった。

初めての授業で彼が教室に入ってきた時は、何も持たず手ぶらで、

――あれ、授業は？　もしかして初日から自習？――

と思ったが、すぐにグレーのチェック柄のジャケットの内ポケットから丸めた教科書を取り出し、至極当然のように教壇の上に置いた。

なんだか面白そうな先生だな、と思ったのが、彼に対する第一印象だった。

「私は世界史担当の篠田《しのだ》と申します。よろしくお願いします。自己紹介の代わりに少しだけお時間をください」

その日、彼はそう前置きをすると、話しだした。

「みなさんの年齢は十代の半《なか》ばですね。もちろん、まだあまり人生を振り返る年齢ではないかもしれませんが、それぞれに今まで生きてきた自分の歴史、自分史があると思います。思い出せないこともちろんあるでしょうが、嬉しかったこと、悔やまれること、あるいは、考え方が変わったと思うくらい、ショッキングな出来事もあったかもしれませんね」

言葉を切ると、彼は生徒を見渡した。

「今、皆さんの中に、すぐに思い浮かぶ出来事があったとすれば、それは、自分史の中でも重要な節目《ふしめ》だったといえるでしょう。皆さんに自分史があるように、この楓《かえで》高校に歴史や伝統があるように、日本史があり、アジア史、ヨーロッパ史、アメリカ史等があります。そして、それらは全く無関係に存在しているわけではなく、何らかの形で影響を受け合っているのです。そして、皆さんの自分史に節目があったように、当然世界史にもそれがあります。それをたどってみる授業だと思ってください。

ところで、最近の皆さんの節目といえば入試だったでしょうか。受験勉強では苦労された教科がありましたか？　苦手な教科があったとすれば、それはなぜそうなったのか、経緯をたどってみたことはありますか？　関心がもてなかった……よく耳にする言葉ですね。もしそうだとしたら、なぜ関心がもてなかったのでしょう。例えば、イケメン先生じゃなかったとか？」

教室に少し笑いが起きた。

「授業がわかりにくかった、っていうのもありますか？　あいにく、私もこんな風体ですから……そのうえわかりにくかったとなれば、それこそ皆さんの歴史に、汚点として名を残すでしょう。何とかそれだけは避けたいと思っています」

空気が和《なご》みかけたタイミングを逃《のが》さず、

「それでは、教科書を開いてくださいね」

と彼が言ったので、授業を始めるのかと思ったのだが、言葉はさらに続いた。

「先ほどの話ですけどね、仮に関心が持てない環境下でも、どうなるかは二つのタイプに分かれると思います。一つは、どちらかと言えば環境に大きく影響を受けてしまう人、もう一つは、何かしらのきっかけ、あるいは動機づけを見つけて主体的な行動を起こし、環境への依存度を少ないものにしてしまう人。

それは、これから世界史を学ぶとより一層考えさせられることですが、今よりももっと厳しい時代、極限ともいえる環境下で人類が経験してきた、進化と消滅、繁栄と衰退、平和と戦争、国や地域による富貧の格差は、その時代に生きた人々がどういう選択を積み重ねてきたかも要因の一つになっています。歴史は、今から見るとどれも昔のことです。しかし、みんな当時は『今』でした。歴史上の人たちも、先がわからず生きてきました。私たちと同じです。みなさんの自分史は、これから先のほうが長いと思います。ぜひ、些細と思われる一つひとつの選択を、決して疎《おろそ》かにしないでください」

その後すぐ授業に入ったが、彼が教壇の上に置いた教科書を開くことは、終業チャイムまで一度もなかった。生徒を見て説明をし、必要なことを黒板に書き、重要と思われる箇所は黄色のチョークで囲んだ。

毎回、内ポケットから丸めた教科書を出しては同じように授業がはじまり、終業チャイムが鳴ると「それではみなさん次回まで」と言って教室を後にした。終業チャイムが鳴りやんでまで授業を引き延ばすことはしなかった。

穏やかだが迎合しすぎず、常に紳士的な態度で生徒と向き合う彼の姿勢は、身近な大人として、いい意味で何かしらの影響を僕たちが受けたことは間違いなく、誰が言いだしたのかわからないが、生徒たちは敬意を込めて彼を【教授】と呼んでいた。


教授の授業が終わり、僕は三階の教室を出て一階に下りた。購買の前に多少の人だかりはあったが、お目当てのパンは残っていた。アーモンドクリームを挟《はさ》んだチョコパンと卵サンド、カフェラテを会計してから、廊下を西側に歩いて校舎の外に出た。その先に体育館につながる渡り廊下がある。新入生の応援歌練習の期間は、この渡り廊下をぞろぞろと並んで歩いたが、今は誰も歩いていない。

体育館の入り口から、さらに北裏手にある格技場《かくぎじょう》に続くコンクリートの通路を進んだ。東西に伸びた長方形の建物が格技場だ。東手の剣道場側に正式な玄関が見えるが、南側中央にある鉄製の扉を開けた。

一礼して中に入ると、向かって左手が柔道場、右手が剣道場になっている。向かい合っている北側中央にある鉄製の扉も少し開けてから、柔道場の畳《たたみ》に腰を下ろした。

「フゥー」

やっと何かから解放された気持ちになった。教室での昼食が嫌な理由は一つもなかったが、なぜだかここが落ち着いた。

久しぶりにパンの昼食で空腹を満たすと、両脚を伸ばして高い天井《てんじょう》を仰《あお》いだ。

高校生活が始まり、ようやく一ヶ月が過ぎようとしていた。僕が通うこの楓高校は市内で三番目の進学校だ。オープンキャンパスの学校説明会では、文武両道の校風をセールスポイントのようにアピールしていたことを思い出す。

「我が楓高校は、運動部、文化部双方に於いて、県下では皆さんご承知のとおり、東北大会や全国大会でも優秀な成績を収めている先輩方がたくさんおります。勉学はもちろん、充実した高校生活を過ごしたいと思っている皆さん、是非、楓高校を目指してください。そういう気概のある皆さんを待っています」

部活動で汗を流すつもりはなかったが、駅から徒歩で通える距離と、高校生活に慣れてきたら駅の近くにある親戚《しんせき》の酒屋でアルバイトをすることを考えていたので、一番よい立地条件だった。進学校のためアルバイトは原則禁止だったが、親戚ならお手伝いということで通用するだろうと思っていた。みんなが真剣に悩んで進学先を決めていた中で、このような動機で決めてしまったのはどうかと思うが、それだけ僕には、将来に対する明確なビジョンがまだなかったといえる。

結果的に、高校生活を過ごしてみて、この楓高校は決して悪い雰囲気ではなかった。みんな、努力しても上には上がいる現実を謙虚に受け入れているせいなのか、特別偉そうな態度の者もいなければ、卑屈《ひくつ》になって目立った企《くわだ》てをする者もいない。いじめのような噂《うわさ》も、今のところは全く耳に入ってこなかった。

向かい合う両側の扉を開けたせいで、心地よい風が吹き抜ける。まどろみかけた時だった。

「亨《とおる》、ここにいたのか？」

扉に右手を掛け、色黒の顔にはっきりした眉毛《まゆげ》、大きな瞳の大柄な男がこちらを見ていた。教室で、僕の後ろの席にいる西啓輔《にしけいすけ》だった。

「あぁ」

答えながら、腹筋で上半身を起こした。

「ちょっと失礼してもいいか」

「失礼も何も、僕もこうしてる」

そう答えると、西は屈託《くったく》のない笑顔で柔道場に入り、僕の隣に並んだ。そして、先ほどの僕を真似《まね》るように、両腕で腕枕を作ると仰向《あおむ》けになった。

「柔道経験者か？」

「そう見えるか？」

「いや、全く見えない」

小学生の頃、剣道を少しやったが、それが理由でここに来ているわけではなかったので、そのことには触れなかった。

教室では一緒に過ごしているが、改まって西とこうして話をするのは初めてだと思う。

僕は、起こした上半身はそのままに、足だけあぐらをかいた。

「西はこんなところに来ていていいのか？　いつも一緒にいる仲間が、誰か探しに来そうだな」

「野球部の連中か、一緒にいすぎるくらいだから逆に何とも思わないさ」

「西みたいに、いつも仲間と賑《にぎ》やかにやっているのを見ると羨《うらや》ましいよ」

「なんだか、いつも能天気みたいな言い方だな。そうは見えないかもしれないが、俺にだって、人並みに悩みの一つや二つはあるんだぞ」

「僕は悩みがないなんて一言も言ってないけど、今、悩み事があるって、自分から吐いちゃったな」

僕は笑ったが、西は短い溜息を漏らした。

「やっぱり、人間何かが引っかかっているままだと駄目だな」

「僕に悩み事相談なんてするなよ。そういうの、受け止めきれる器《うつわ》じゃないから」

「相談じゃないさ、ただ誰かに聞いてほしいだけだ」

――誰でもいいなら、もっとふさわしい相手がいるんじゃないか――

そう言いかけようとしたが、西は、楓高校に入った経緯を話しはじめた。その内容は意外なものだった。

西の話では、楓高校野球部監督の太田《おおた》が西と同じ関西出身者らしく、地元関西のほうからも有能な選手の獲得に動いていた。当時、太田のアンテナに掛かったのが、神戸の中学で西とバッテリーを組んでいたエースの仙崎《せんざき》という選手だった。その仙崎に対してはかなり積極的に勧誘を行っていたらしい。仙崎はその勧誘を受けた際、楓高校に進学する条件として、バッテリーを組んでいる西と一緒なら考えますと申し出たのだ。

西は全くわけがわからずに混乱していたが、結局、二人で受けたI期のスポーツ推薦枠《すいせんわく》で、西に合格内定通知が届いた。また一緒に野球ができると思い、最初に仙崎に報告すると、思いがけない言葉が返ってきたそうだ。

「父に言われてな……俺は医師になるために京大医学部を目指すから、西、お前は楓高校から、レギュラーとして甲子園を目指せ」

いつのタイミングかも知らされなかったが、その時すでに、仙崎は楓高校進学を辞退していたらしかった。西が驚き、そして戸惑ったのも当然の話だった。

「そんなことってあり得る話なのか？」

僕が驚いて訊くと、西は起き上がり、人差し指で自分の顔の真ん中を指差した。まるで『ここにいる』とでも言うように。そして、同じようにあぐらをかいた。

「仙崎君って、そんなに凄《すご》い選手だったのか？」

「はじめは球が速いだけで、コントロールは全然だったな。とても試合で投げられる選手じゃなかった。俺も最初はセンターだったし、同じチームってだけで接点なんかなかったんだよ。最初に声を掛けてきたのは、仙崎だった。練習の後、『西、受けてくれないか』って。『何で俺なんだ』って訊いたら、『お前なら身体《からだ》のどこかで受け止めて、前に落としてくれそうだ』と。はぐらかすような言葉だったけれど、仙崎の目を見て、こいつは本気だってすぐにわかった」

「それからか」

「ああ、練習の後、毎日だ。仙崎は、自己分析をしながら、肉体改造とフォームの見直しを徹底して繰り返していたんだ。そして、毎日の投球でその成果を確かめていたんだろう。

本当に大した奴だよ、仙崎は。二年生の初め頃になると、構えたミットに寸分の狂いなしだ。そしたら、今度はなんて言いだしたと思う？　『試合になったら、打者の打てないところに構えろ』だと。『俺はキャッチャーじゃねえし』って言ったら『そのうちなるだろう』って笑ってた」

「監督に呼ばれたってわけか」

「わかるか」

「仙崎君が言ったんだろう、太田に申し出たように」

「結局、うちのチームが勝ち続けられたのは、エースの仙崎が凄かったからで、他のメンバーは俺も含めてほどほどのレベルだった。野球は一人でできないのは確かだが、エースの存在で勝敗が決まる現実は思い知らされたよ」

「センターからキャッチャーへのコンバートってどうなんだ」

「元々肩と視力だけはよかったから、何とかな。仙崎の奴には『お前の視力は５・０くらいありそうだ』なんて、いつもからかわれていたよ、こんなふうにな」

自分の顔の前で指眼鏡を作り、もともと大きな目をさらに見開いている西を見て、思わず噴き出してしまった。

しばらく黙り込んだあと、現実に戻ったのか、西がまた小さな溜息を漏らした。

「でも、俺のレベルでレギュラー狙って、甲子園ってな」

「自信ないのか」

「あるわけない。楓高校の野球部員、何人いると思っているんだ」

「知らないな……」

それよりも僕は、仙崎がなぜそうした行動を取ったのかが気になった。

「それだけの投手じゃ、仙崎君は他の高校からも勧誘されていたんだろうな?」

「地元の強豪校からも何校かあったみたいだ」

「そうか、それなら西だって、もう薄々《うすうす》気がついているんだろう?」

「思いたくはなかったが、やっぱりそうなのかな……」

仙崎は最初から、高校で野球を続ける気持ちは全くなかったのだと僕は思った。だからこそ、中学の野球部に入った時に、三年間という期限付きスケジュールの中で、どこまでやれるか、自分を試したかったのではないだろうか。心の内ですでに決めていた三年後のスタートラインに立った時、医学部の道に悔いなく打ち込めるように。

西はただ、運や、ましてや仙崎の付録みたいな感じで今があるとは思いたくないのだと思う。もちろん、関西や東京のように強豪が多数ひしめくわけではない東北の地とはいえ、甲子園出場経験のある高校に、そんな理由で進学できるはずはない。西自身、頭ではわかっていても自分を過小評価してしまうくらい、仙崎の存在が大きすぎたのかもしれない。

「西に聞くが、仙崎君の見立てに狂いがあったことはあるのか」

「それはない。少なくとも今まではな……。だが、俺はひとりじゃなかった。いつも仙崎が一緒だったんだ」

「凄い奴に実力を認められて、託されてか……。僕には気の利いた言葉は見つからないよ。仙崎君の気持ちは、西のほうが充分すぎるくらいわかっているはずだから」

西の硬い表情は変わらなかった。

「でも、縁あって同じ楓高校に通う仲間としてなら……」

僕は、剣道場にある姿見のほうを、西に指差した。

「何かあるのか?」

西はそう言いながら立ち上がり、僕と一緒に姿見の前まで近寄った。鏡の横に、Ａ４の黄色く変色した貼り紙がある。近くで見ると紙は何度も剥《は》がれ、そのたびに画鋲《がびょう》で貼り直したのか、角がとれてボロボロになっていた。パソコンの明朝体《みんちょうたい》で印刷された文字を西と一緒にたどった。

可能性も、
限界も、
努力した先にしか見えてこない。

「伝統ある楓高校の先輩が残したんだろう」

僕が言うと、じっと見つめていた西は、

「後輩にか？」

とこちらを見た。

「いや、違う気がする。きっと、本人は自分自身のために貼ったんだろうけど、卒業しても、その言葉だけが残ったんじゃないのか」

「有言実行タイプの先輩だったんだな、そうじゃなきゃ、とっくに剥がされている」

そう言うと西は、南側の扉の入り口に腰を下ろした。体育館との間の先に見える葉桜をじっと見つめていた。西が見ているのは、目に映る葉桜なのか、それとも仙崎と一緒に過ごしてきた時間なのか、僕にはわからなかった。

いずれにしても、僕が入り込める余地はなかった。ゆっくりと振り返り、先程の姿見に向き合う形になった。ただひたむきに素振《すぶ》りをする、見たこともない先輩を思い浮かべたつもりだったが、不意に、自分が小学生だった頃の剣道着姿が思い浮かんだ。


父が死んでいなければ、自分は今も剣道を続けていただろうか?

父が指導員として所属するスポーツ少年団に「見学だけでいいから一緒に行かないか」と言われ、小学三年生の時に父に連れていかれた。自分から剣道をするつもりは全くなく、どんなことをしているのか見てみたいだけだった。その頃の僕にとっての剣道は、単純に竹刀《しない》で叩き合うイメージしかもてなかったからだ。

練習内容を見学すると、柔軟体操や体力作りの腹筋や腕立て伏せが半分で、あとの半分が、竹刀を使った型や素振りの練習だった。

四回目か五回目だったか忘れたが、見学しても、結局、剣道をしている自分の姿がうまく想像できず、見学は今日で終わりにしようと思い、父の着替えを待っていた時だった。一学年先輩の晃《あきら》君に「一緒にやってみないか」と突然声をかけられた。細長い顔に、細長い目が垂れ下がるようについていて、どう見ても笑っているようにしか見えない顔だった。

その晃君が、

「僕も父さんと見学にきて、お前はもっとシャキッとするように、剣道をやってみろ、って言われてさ、お陰で……シャッキー、シャッキー」

そう言いながら、気をつけの姿勢で頭を引っ張られるみたいに、何度も飛び跳ねてみせた。僕は大笑いしたいのを必死でこらえたのを覚えている。

結局は、晃君が楽しそうにしている姿を見て入団したのかもしれない。

四年生の後半になると、試合形式で対戦することも多くなった。最初は思うようになどできなかったが、やがて、一本が決まった時の爽快感《そうかいかん》にハマり、夢中で素振りやすり足の練習に励んだ。勝ちたいという気持ちが練習量を増やし、練習を重ねることでいい結果がついてきた。六年生最後の大会までに県の大会で優勝することが、僕と父の目標になっていた。

だが、父が死んだ時、僕は剣道をやめてしまった。まだ五年生だった。

環境的に母の負担を増やしたくない気持ちは当然あったが、それだけが理由だったわけでもない。仮に、送迎や他に必要な全てを整えてもらったとしても、続けることはしなかったように思う。

「消防隊員という仕事は危険な仕事で、万が一ということもある」——そんなことを父から言われていた記憶はあるが、だからといって、父が死ぬような想像は一度もしたことがなかった。あの元気で優しくて、それでいて、竹刀を構えると近寄り難《がた》い気迫を放っていた父。強くなって県大会で優勝すれば、違う自分になれるかもしれないと思ったのは、間違いなく父の影響があったのだと思う。

自分が当たり前に成長し大人になり、いつか結婚をして子供が生まれれば、父も優しいお爺さんになる。あの頃、それは何も考えなくとも当然のようにやってくる未来だと信じて疑わなかった。その未来が、突然大きな黒いものに奪われたようで、当時は大きな喪失感しか残らなかった。


「亨、明日から昼休み、俺もここに来るわ」

「あ、う、うん」

考え事をしていたせいで、返事が上の空になった。

「早くしないと、午後の授業に遅れるぞ」

勢いよく格技場を出ていった西の後ろ姿にせかされるように、開いていた二つの扉を閉めて、僕も格技場を後にした。


天窓から差し込む明るさで、目覚ましのアラームが鳴る前に目が覚めた。一階から、洗濯機の音と、流しで食器がぶつかる音がかすかに聞こえた。

時計を見て、いつも起きる時間まであと二十分くらいあったが、二度寝をしてしまうより起きたほうがいいと思い、ベッドから抜け出した。

階段を降りるとケージの中で愛猫《あいびょう》のラグが伸びをした。ケージから出してもらえるのをわかっているのだ。

「ラグ、おはよう」

声をかけて扉を開けると、挨拶代わりなのかニャーという一声だけを残し、さっと出て、今僕が下りてきた階段を一気に駆け上がっていった。

おはよう、と母に声をかけた。

「早いね」

顔を上げたが、台所の手は休めない。

「みそ汁、できてるよ。おかずは弁当のが多めに作って余っているから、それでいい？」

「ああ全然、いいよ」

歯磨きと洗顔を済ませ、制服に着替えた後、食卓のイスに座り、熱いみそ汁を少しだけすすった。

「母さん、学校のほう少し落ち着いてきたから、今日から伯父《おじ》さんの酒屋の手伝いに顔出そうと思っているんだけど」

今度は洗い物の音が止まった。

「本当にバイトする気？　お金のことなら母さんも働いているし、父さんが遺《のこ》してくれたお金も少しはあるから心配しなくても……」

「違う、違う、そういうんじゃないんだ」

「もしよかったら、って伯父さんから声を掛けられたんだよ。結構力仕事が多いから、手伝ってもらえると有難いって」

実際は僕からお願いしたのだが、そう言っておいたほうが、母に余計な心配をかけずに済むと思った。それに、バイトはどうしてもやりたい理由がある。

「そう、それならお義兄《にい》さんにはいろいろお世話になっているから、あれだけど……。でも、部活とかやらないと、親しいお友達作れないんじゃないの」

心配は尽きないらしい。

「ああ、それなら大丈夫。同じクラスにいる神戸出身の野球部員と仲いいから。なかなか面白い奴なんだ」

まだ、西が僕をどう思っているのかわからなかったが、母が安心するようにあえて笑顔で答えた。

「そう、じゃあ、とりあえず、高校生活は順調な滑《すべ》り出しってことなのかな」

ようやく母の口調が明るくなった。

「そうだ、今日は母さん夜勤だから、出かける前にマーボー豆腐《どうふ》作ってタッパーに入れとくね。夕飯はチンして食べて」

「了解」

そう答えながら、朝早くから動き通しの母のほうが心配になってくる。

「夜勤は、仮眠とかちゃんと取れてるの？」

「それが、忙しいとなかなか思うようにはね……」

復職して丸三年が経ち、この四月から病棟が異動になっていたらしい。父が死んだ後、僕が中学に進学するタイミングで看護師に復帰したから、そうなのか。異動のことも、僕から訊かれなかったら、自分からは言わなかったのだろう。自分のことより子供のことが心配で……。

こんな時、僕が娘だったら、母さんもいろいろな話ができてよかったのかなと思う時がある。オシャレのことはもちろん、例えば、美味《おい》しいパンケーキのお店ができたとか、それじゃ一緒に出かけようとか、学校のことだってあまり構えずに会話ができるのかもしれない。それとも、僕が上手《うま》くできていないだけで、男でもそんな会話ができるものなのだろうか。父がいて三人なら、あまり意識はしなかったことなのだろう。

「何科の病棟になったの？」

「前は泌尿器科だったのが、四月から呼吸器科になってね」

以前の病棟では、夜間に急変する患者さんは少なかったらしいが、新しい病棟では、痰の吸引やら、酸素濃度の確認やら、僕が聞いてもよくわからない対応までいろいろとあるらしい。それと今思えば、と母さんが続けた。

「前の病棟は夜になると静まり返っていたから、患者さん自身も、ナースコール押すのに勇気が必要だったのかも。それに引き換え今の病棟、もちろん容体が悪くなってのコールもあるんだけど、急いで部屋に駆け込むと、ずれた毛布を直してほしいとか、ティッシュが届かないから取ってほしいとか、そんなのまであるんだから。コールが鳴り止まないのも当然だよね」

苦笑いには近かったが、母の笑顔を見られたのでちょっとだけ安心した。少しは息抜きの会話になっただろうか。

「亨が大学出て、高給取りになったら、パート勤務に替えてもらうわ」

冗談めかしてそう言うと、母は洗濯カゴを持ち、さっきラグが駆け上がった階段を上がっていった。

会話をしながら、いつもよりゆったりした気分で朝食を摂ることができた。早起きも、たまにはいいかもしれない。

「こら、また亨の布団《ふとん》の中にもぐり込んでるぅ」

母に邪魔されたラグは、トントンと階段を降りてきたかと思うと、僕の膝《ひざ》の上にさっと飛び乗った。

「おいおい、制服毛だらけになるから勘弁してよ。帰ってきたらね」

ラグを下ろして、両面テープの筒を転がした。

——さて、そろそろ行かないと。

父の遺影に手を合わせてから、カバンとスマートフォンを確認して、玄関のドアに手をかけた。

「行ってきまぁーす」

「行ってらっしゃーい」

母さんの声が二階のほうから聞こえたのを確認して、玄関のドアを開けた。


放課後、当番の清掃を済ませると、カバンを手にした。

「急いでいるようだが、何かあるのか」

西が声を掛けてきた。

「ちょっとね、今日から伯父さんの酒屋で手伝いを頼まれているんだ。調子はどうだ」

控えめに、バットを振る真似をしてみた。

「ボチボチだ。酒屋の手伝いじゃ力仕事になりそうだな、腰悪くするなよ。じゃあ明日な」

西と短く言葉を交わした後、教室を出て校舎を後にした。昨日までは、図書室で本を読んだりして過ごしていたので気がつかなかったが、さすがに今の時間帯、部活もせず、すぐに帰宅する生徒はわずかなようだった。

あの日以来、西から野球の話を聞くことはあまりなくなった。剣道場の姿見の前で素振りをはじめたのだから、彼なりに見えたものがあるのか、それとも、まだ何も見えてはいないのか、そこは僕にはわからない。ただ、野球の話の代わりに、部員の誰には彼女がいるとか、何組の誰それは可愛いとか、そんな話を楽しそうにしてくるようになった。

「亨は、そっちのほうは興味ないのか？」と聞かれたが、「まあ、いい子がいたら紹介してくれよ」と、適当にかわしていた。間違っても、紗彩《さあや》のことは軽々しく口には出せない。居場所もわからないうえに、ぼんやりとした面影《おもかげ》を追いかけているに過ぎないのだから。

しかし、夢とは不思議なものだ。夢の中の紗彩はいつも後ろ姿なのに、自分には紗彩だとわかる。しかも、自分の成長とともに、紗彩も成長しているのだ。

ただ、自分が会いたい時に会えるわけではない。そういえば、高校生になった紗彩にはまだ一度も会えていない気がするが……。

考え事をしているうちに伯父さんの酒屋の前に着いた。深い軒先《のきさき》に吊るされた杉玉や、和紙に書いてある地酒の銘柄が、老舗《しにせ》の酒屋さんの風情を醸《かも》し出していた。

「こんにちは」

「ああ、亨君久しぶり、高校生活も少しは落ち着いたかい」

小さな目に大きな口の、笑《わら》い皺《じわ》が刻みこまれた四角い顔が迎え出た。いつ会っても、本当に父の兄なのかと思うほど顔つきは似ていないが、商い人に相応《ふさわ》しい、人柄の優しい伯父さんだ。

「いろいろ仕事の説明をしたいところだが、時間がもったいないんで、細かいことは移動中のトラックで、追い追いな。早速で悪いが、生ビールのタンクを荷台の前のほうに、後ろから、ビールケースで動かないように囲んで積んでくれ。それと、その蓋《ふた》付きのボックスは、清酒とかワイン用だ。俺がお店からの注文品入れておいたから中身は大丈夫だが、取り出した後は必ずロックされているか、荷降ろしのたびに確認だけは頼むわ」

指示通りの荷積みを終え、配送の準備ができたので、伯父さんに報告しようと店をのぞくと、奥さんの佐恵子《さえこ》さんに挨拶をされた。優しい色合いの髪はレイヤーが入ったセミロングで、その髪色を損なわないように、わずかに見える茶色のテンプルと、縁《ふち》なしレンズの眼鏡が、歳は重ねていても品があり、どことなく華やかさを兼ね備えている佐恵子さんの表情に、とても似合っていた。

母によると、佐恵子さんは先代の娘さんで、伯父さんは婿《むこ》に入ったらしい。長男もいるのだが、商社の海外勤務で、先代が急に倒れた時も間に合わず、何とか葬儀には参列できたものの、商売をどうするかという話が出た時は、何のためらいもなく「たたむしかないだろう」と断じたそうだ。

兄の判断が現実的なものだと佐恵子さん自身も理解はしていたが、葬儀が終わり、久しぶりに覗いた酒蔵で、桶から漂うもろみが発酵する香りを嗅《か》いだ瞬間、小さい頃学校から帰ると当たり前のように遊び場になっていた情景を思い出し、涙が止まらなかったらしい。

伯父さんはその佐恵子さんの姿を見て、覚悟を決めたと聞いている。

大学時代からお付き合いはしていたものの、当時はまだ婚約すらしていないのに、勤めていた会社をあっさりと辞めて、先代の時代から番頭役だった従業員に何度も頭を下げて仕事を覚えたのは、誰にでもできることではないと、感心しながら母は話をしていた。

その話を聞かされた時に、伯父さんは凄い人なんだと思った。それと同時に、父さんと母さんは、自分の兄弟のことも含めて、何でも話し合える仲だったんだなと思ったことを記憶している。

「佐恵子、店のほうは頼んだぞ、配達に行ってくるわ」

店の事務スペースからカバンをさげて出てきた伯父さんは、佐恵子さんに声をかけると、僕を見てトラックのほうを指差した。少し緊張する中、この伯父さんとなら大丈夫だという気持ちを心に押し込んで、僕はトラックの助手席に乗り込んだ。

個人経営の旅館や割烹《かっぽう》は日中伯父さんが回ったらしく、これからの時間帯は居酒屋とスナックが多いと言われた。トラックで移動しながら、店舗の場所と納品書の書き方を教えられたが、場所は何度か訪ねるうちに覚えれば問題はないようだ。ただし、納品書の銘柄や数量は信頼に関わるので何度か確認をして絶対に間違えないようにすること、そして、客先ではとにかく大きな声で挨拶するように念を押された。

何軒かの居酒屋を回り、五時半を過ぎた頃、コンビニの駐車場にトラックを停めると、座席の後ろからペットボトルのお茶を取り出し、手渡された。

「小休止だ、結構喉渇くだろ」

「はい、有難うございます」

夢中でついて回っていたので意識していなかったが、ペットボトルに口をつけると、半分くらい一気に飲んでしまうほど喉が渇いていた。

「俊一《しゅんいち》が死んでしまったのに、大したこととしてやれなくて悪いな。成美《なるみ》さんと、亨君には申し訳ないよ」

急に父の話になって驚いたが、伯父さんには中学と高校の進学の時に大きい金額のお祝いをもらっていたので、その時のお礼の気持ちを伝えた。

「何、あんなのは一時の足しにしかならん、毎日毎日、金のかからない日はないからな。亨君が大学に入る頃は、うちの末娘も大学を卒業して一段落するから、大学進学のことは心配するな。俺がどうにかするから」

伯父さんがそこまで僕のことを心配してくれているとは思っていなかったので、本当に有難い気持ちでいっぱいだった。入学金や授業料が高額になるのは自分で調べて知っていたので、そこまで頼るのは到底できないことだが、今は伯父さんの気持ちに対して、素直に感謝を伝えたかった。

「大学進学できるように、高校生活頑張ります」

「ん」

満足したように短く返事をすると、

「じゃ、後半も頼む」

そう言って、伯父さんはエンジンをかけた。

後半も残るお店を順番に回った。「あれ、アルバイトかい?」初めての顔に明るく声を掛けてくれる人もいたし、あえて商品のやり取り以外のことには、何も触れない人もいた。僕のほうはあくまでも仕事なので、相手に合わせるようにして、自分からは余計なことは何も言わなかった。

それでも、お店を見て回るだけで、感じるものはたくさんあった。狭《せま》いスペースでもレイアウトを工夫し、お酒やグラスの陳列、インテリアをしっかり考えて、センスよくまとめているお店に入ると、自分が飲めるようになったら来てみたいと思ったし、まだ準備中であっても、女将《おかみ》さんや店員さんが明るく親切なお店だと、会社員が一日の疲れを癒《いや》すのに通いたくなるのかなぁ……とか、勝手に想像を膨らませた。

「ここが、今日の最後の店だ」

伯父さんにそう言われて、あれ、と思った。この近くは、さっき小休止の後すぐに、別のお店を回ったはずだったからだ。また戻ってきた格好になる。ベテランの伯父さんでも順番からこぼれたのだろうか……と思いかけたが、そうではなさそうだった。

お店の正面に『飲み放題　歌い放題　二〇〇〇円』の貼り紙が見えたが、お世辞《せじ》にもきれいな字とは言えなかった。せめて手書きなら、ポップな文字とかで、お店らしく書いてほしいところだ。入り口にある『スナックのんちゃん』という置き看板は、プラスチックの一部が割れていて、中の蛍光灯が覗いて見えた。頭では、金額のほうが気になっていた。スナックなら、本格的な料理は出していないとしても、二千円で採算が合うものなのだろうか。

初日からいろいろなお店を回ったせいで、自分とは縁もゆかりもないお店なのに、こんな心配をしている自分が可笑《おか》しくなった。気持ちをリセットするために、頭を二、三度振った。

伯父さんの後からお店に入った。清潔感は保たれていたが、改装のような工事は一度もしていないのだろう。それなりの古さを感じた。

「いつもお世話になっています」

小柄なママさんが出てきた。

「あら、新人さんも一緒、よろしくね」

「よろしくお願いします」

店の奥のカウンターに若い女性がいたのに気がついていなかった。ママさんが僕に掛けた言葉に反応して、白い顔がこちらを振り返るように僕を見たので初めて気がついた。薄暗い中、紫色の服を着た後ろ姿では、店内の色に同化してしまっていたのだろう。

彼女の髪は、ママさんの短めでウェーブがかかった髪型と違い、ストレートで長いが、切れ長の目と薄い唇を見て、すぐにママさんの娘さんだと思った。長い付けまつげが、白い肌に浮き立って見えた。表情が薄いせいか幼く感じて、自分とあまり変わらない年頃に見えてしまう。

関心を見せたのか、そうではないのか、よくわからないまま、彼女は何事もなかったように背中を向け、イスを回転させた。

「亨君、空《あ》き瓶《びん》のケースだけ先に回収してくれるかい、今、ちょっと、ママさんと打ち合わせするから」

「はい」

カウンターの奥にある仕切りの裏側に、空きビールのケースが重ねてあった。近くの勝手口ドアから出していいと言われたので、とりあえず店の外に出し、そこから軒先を台車で運んで、トラックの荷台に積み込んだ。

終わって店の中に戻ると、伯父さんからは、回収ケース分の補充と、生のタンク一つという指示だった。打ち合わせと聞いたので、もう少し時間がかかるのかと思ったが、そうではなかったようだ。積み込んだのと逆の要領で商品を納め、納品書を記入した。

「ご確認いただけますか」

ママさんにお願いすると、この地で長年商売を営んできたことを窺《うかが》わせるスマイルを見せ、納品書にサインをしてくれた。

店を出る時に娘さんのほうを見たが、スマートフォンを操作しているのか、やはり、お店の暗闇に後ろ姿が同化したままだった。

「三ヶ月分、まとめて支払いしてくれたよ」

運転席に座るなり、伯父さんがそう言って溜息をついた。そうか、支払いが滞っていた件でママさんと打ち合わせする予定だったのが、お金が準備されていて、その必要がなくなったということだ。だが、それにしては、伯父さんの表情は、店に入る前よりも曇《くも》ってしまったように見えた。

「集金できてよかったですね」

伯父さんは何も答えずキーを回した。トラック特有のディーゼンエンジン音が、耳と身体に、振動とともに伝わってきた。

走りだしても無言だった。何かミスでもしただろうか。伯父さんの指示のとおり商品を納めたし、ママさんにも確認してサインをもらった。不安になり、もう一度納品書を確認してみたが、ミスは思い当たらなかった。時間の経過とともに、エンジン音さえ遠くに聞こえるような錯覚に包まれた。

「あの、何か行き届かないところありましたか」

無言の空間に耐えきれず、伯父さんのほうを見た。

「あぁー、すまんすまん」

はっとしたような表情で伯父さんは僕のほうを見た。

「いやなぁ、実はママさんにはもう仕舞い時じゃないかって、半年くらい前から勧めていたんだ。そこまで踏み込む立場じゃないことぐらい、自分でもわかっている……」

伯父さんは、アルバイトに話す内容じゃないし、本当は誰にも話すつもりはなかった……と前置きしたが、その後、堰《せき》を切ったように『スナックのんちゃん』のことを話しはじめた。

ママさんのところとは三十年来の長いお付き合いで、開業当時は会社員が残業するのは当たり前の時代。その帰りに飲みに立ち寄るのがルーティンのような生活スタイルだったようで、どこのお店も大繁盛だったらしい。

その後、バブルがはじけた影響は確かにあったが、のんちゃんのところは、カラオケが趣味のようになっていたお客さんたちに愛され続けていた。二十周年の時には、常連のお客さんたちを招待して、記念パーティーを開催するような勢いがまだあったらしく、伯父さんも取引先として招待されたと懐かしそうに語ってくれた。

「今思えば、あの頃がひとつの時代の節目だったんだな」

その数年後からはじわりじわり生活スタイルが変わり、カラオケブームもしぼんで、のんちゃんに通っていたお客さんはどこかに消えてしまった。正確には、本当にカラオケ好きなお客さんたちが、カラオケボックスのほうに流れてしまった影響が大きかったようだ。

その頃に、思い切った投資や経営方針の転換をしたお店は、成功したお店と失敗したお店に明暗が分かれ、良くも悪くもふるいに掛けられた形になったが、旧態依然のままやり過ごしてきたお店に、今、四苦八苦のところが多いと説明してくれた。

「こうなると、先は見えているんだ、店を仕舞うのは勇気がいる決断だが、それを避けて借金に走ったら、さらにひどいことになる」

伯父さんには、のんちゃんの先が見えていた。だから、余計なお世話だと自戒しながらも、アドバイスせずにはいられなかったのだと思う。

「タイミングだな……」

店仕舞いするなら三ヶ月分の支払いは帳消しにすると伯父さんは申し出て、のんちゃんのママとも、その意向で話が進んでいたらしい。

「娘さんがな、この春就職したって喜んでいたんだ。介護福祉士の助手だったらしいんだが、一ヶ月足らずで辞めちまったみたいだ。これからは、娘さんと二人でお店をやっていくそうだ。最新のカラオケ機器も揃えるって。俺は、のんちゃんのところのこの先を、とても見ていられない。借金地獄がどれほど精神をやられるか、その果てにあるのがどんなものか、知っているからな」

他人とはいえ、三十年来のお付き合いだった仕事仲間を、伯父さんは、自分が見えている先に向かわせたくなかったのだ。「本当に今日が最後になった」と伯父さんは呟《つぶや》いた。

「のんちゃんは、知り合いの酒屋に引き継ぐつもりだ」と言葉を結んだ。

ご飯に、温めたマーボー豆腐をかけて食卓のイスに腰掛けると、ラグが膝の上に乗ってきた。テレビではお笑い番組が流れているが、芸人の台詞《せりふ》はほとんど耳に入ってこなかった。観客の笑い声だけが、コントとは無関係に耳に響いてくる。好物のマーボー丼すら味わうことができず、スプーンで胃袋にかき入れた。

伯父さんの、やるせない表情が頭から離れなかった。まだ社会に出たばかりの娘さんと母親の身に、普通の暮らしを壊してしまう何かが待ち受けているのだろうか。

当たり前のことだが、一人ひとり、一つひとつの家庭それぞれに、いろんな事情があることを思い知らされた一日だった。そして、僕の十数年のわずかな人生経験だけでは、まだ知らないことがたくさんあるということも。

身体の疲れか、別のものか、その日の夜はベッドに入ると沈むように眠りに落ちた。

「いらっしゃい」

ママが笑顔で迎えた。

「一人？　なら、カウンターでいいかしら」

カウンターに座ってウーロン茶を頼んだ。商品を届けた時とは違い、お客さんがいるとイメージが変わるものだと思った。後ろには、四人ほど入るボックス席が、仕切りをはさんで二つ並んでいた。手前のボックス席では、娘さんが背もたれのない丸形のソファアに座って四人のお客を相手にしていた。さすがに営業時間帯では暗闇に同化していなかったが、白い顔がこちらを振り返るのがなぜだか怖くて、すぐに視線を移した。

——えっ？

カウンターに視線を戻す前に、視界を横切ったもう一つのボックス席。そこにも、四人のお客を相手にしている若い女性がいた。急に全身に回る血流が熱くなった。

赤い服のその女性。

——なんで？

「ママ、あの子雇っているの？」

「さすがね、後ろ姿でもわかるでしょ。可愛らしいのよ。亨君、これからは毎日通ってね」

「亨君」とママが言った瞬間、赤い服の女性はこちらを振り返ろうとして、すぐにお客のほうに姿勢を戻した。

——なんで、なんでこんなところにいるんだ、紗彩。君がいるようなところじゃないだろう。

——何とか連れ出さないと。

「ママ、お手洗い借りますね」

一番奥にあるお手洗いに向かう。さっきは鮮やかに見えた赤は、近くで見ると色褪《いろあ》せていて、襟《えり》や袖《そで》がほつれている。僕は小さな声で、周りに気づかれないように紗彩に声を掛けた。

「お手洗いから出たら、一緒に逃げよう」

心臓から流れる血流で、全身の血管が破裂しそうだった。お手洗いを出て、紗彩の後ろまで来た。そっと紗彩の腕を掴《つか》むと、勢いよく走りだした。

「お前ぇ～」

さっきまで笑顔だったはずのママが鬼の形相《ぎょうそう》に変わる。別のボックス席でお客を相手にしていた白い顔が、僕のほうを見るなり、切れ長の目をカッと見開いた。

逃げても逃げても、ドアが、ドアが、どうしてこんなに遠いんだ。

「そいつも、私らと同じ運命なんだ。逃げられねぇんだよ」

――何を言っているんだ。あなたたちは――

後ろを振り返ると、二人の後ろでお客に見えた男たちは、ナイフをちらつかせ、薄ら笑いを浮かべていた。

「僕は刺されてもいい、逃げろ、逃げるんだ、紗彩」

必死で紗彩の背中を押すように走る。

――どうして、どうして思うように走れないんだ――

「紗彩……早く……」


突然目が覚めた。

――何でこんな夢なんか――

全身を激しくめぐる血流だけが、夢と現実とを繋いでいた。天窓にはまだ星空が見える。深く息を吐いた。本当に夢でよかった。

夢という現実に安心したのか、呼吸が落ち着く頃、また眠りに誘われた。


お昼の弁当が終わった。

西は、北側扉の裏側に隠してあるバットケースを抱えて剣道場に入ると、姿見のほうに歩きながら木製バットを取り出した。

西が、剣道場の姿見の前で素振りを始めて二週間が経つ。僕は話しかけられればもちろん会話はするが、あまり練習の邪魔にならないように、本を読むようにしていた。

「毎日毎日、本なんかよく読んでいられるな。俺なんか、読み始めても途中で飽きて、最後まで読んだためしがない。いや、途中で飽きて、最後のほうだけ読んだことがあるが、何がなんだかさっぱりわからなかった」

僕は、西の喋《しゃべ》り方が面白くて、つい、鼻で笑ってしまった。

「多分、まだ面白い本に当たっていないだけだよ」

「面白い本って、人気の作家とか、ランキングとかで、ちゃんと俺なりに選んでいるんだけどな。亭はどうやって探すんだ？」

さすがだ、素振りをしながらの会話でも、西は息ひとつ切らさない。

「他人がいいって言う評判ももちろん参考にするけど、僕の選ぶ基準は、読んだ時の感覚かな」

「感覚？」

「最初の何ページか読んでみて、物語の進展が遅すぎたり、逆に、速く感じすぎる時がある。そういう本は、自分の感覚と合っていないのかもしれない」

「自分の感覚と、テンポが合う本があるんだな」

「でも、僕の場合は、仮に最初の読みが外れても、結局最後まで読んじゃうけどね」

――ん？

南側中央の開けっ放しの扉の先、体育館の裏側を、誰かが歩くような姿が一瞬見えた気がしたが、気のせいだっただろうか。今は格技場の壁に隠れたとしても、その通路のたどり着く先はこの格技場しかないはずだ。

上履きのスリッパの足音が近づいてきた。予想していなかった姿が目に飛び込んだ。背筋をピンと伸ばした女子が、扉のところで立ち止まり、僕のほうを真っ直ぐに見てくる。

「あなたが……白石《しらいし》亨君ですか？」

髪を後ろにきつく纏《まと》め、丸くダンゴのようにしている。清楚《せいそ》な顔立ちとその雰囲気は、宝塚音楽学校の入学式の映像に紛《まぎ》れていても、何の違和感もないだろう。

あまりに唐突な出来事に、まるで演劇の一場面に入り込んだような錯覚に陥りそうになった。しかし、彼女から向けられる眼差《まなざ》しを感じ、それが現実世界であることを認識させた。

格技場の壁に背中を預け、片膝を立てて本を読んでいた僕は、なんだか急に恥ずかしくなってその場に起立した。そして扉のほうに少しだけ歩み寄った。

「はい、そうですが」

そう答えるしかなかった。

「セワ……」

小さな声で、西が確かに反応した。なんだ、西の知り合いか。そう思ったが、彼女は剣道場にいる西の姿は視界に入っていないのか、僕のほうを見たまま視線を逸《そ》らさない。

「私に、何か説明することはありませんか？」

柔らかな口調だった。そのせいか、彼女が悪ふざけで僕の前に現れたとは思えなかった。だが、急にそんなことを言われても、彼女の言葉にどんな意味が込められているのか、皆目《かいもく》見当がつかない。それに彼女だって、今「あなたが白石亭君ですか？」と僕に訊いてきたばかりのはずだ。僕からすれば、必要なプロセスが抜け落ちているとしか思えない。それなのに彼女は、僕のほうが恥ずかしくなるくらいに、真っ直ぐな眼差しを向けてくる。向こうは僕を知っているのだろうか。言ったのが疑問形だったことを考えると、僕を知っている誰かから居場所を聞いてきた程度なのだろう。

五月も後半に入ってはいたが、昼休みもこんなところに来て過ごしているせいか、そもそも周囲に関する興味が薄いせいか、一学年八組まであると、名前も顔もよく知らない同級生はたくさんいた。

「僕は確かに一組の白石亨です。校舎のどこかですれ違っているのかもしれませんが、このようにして顔を合わせるのは、初めてのような気がします。何か理由があってここに来たのはわかります。ですから、まずは、あなたの名前を教えてください」

そう彼女に訊ねた途端、彼女の耳が急に赤く染まってきた。

「私は、六組の……瀬和《せわ》かりんです」

彼女の中の何かが変化しているのを感じる。耳の色は、顔全体にまで伝播《でんぱ》してきていた。

「私のこと……本当に知らないのですか?」

「はい」

なんだか、そう答えるのが申し訳ないと思ったが、もちろん、知らなかった。

「それなら、いいです。ごめんなさい」

さっきまでの彼女の勢いはどこに消えたのか、ぺこりと頭を下げて立ち去ろうとする。今は、少しでも早く、この場から立ち去りたい様子だ。

「ちょ、ちょっと、待って。瀬和さん」

「本当にごめんなさい。私、真っ直ぐな性格のせいで、時々こんなことになるんです」

「急な展開に戸惑っただけで、今のことを責めるとか、そういう気持ちは全くないから安心して。ただ、理由だけ教えてくれる？　こんな、離れ小島みたいな場所に、女子が一人で来るなんて、僕なら考えられない。きっと、それなりの理由があるんだよね」

彼女の様子を見ていて、何とか居心地の悪さをなくしてあげたかった。

「あの……友達から言われたんです。『かりん、白石亭って人と付き合ってるの？　結構な噂だよ』って」

「はぁ」

思わず息が漏れてしまった。

「誰かが、適当な噂流したんじゃないのかな」

よくあることなのかはわからないけれども、それ以外には思いつかなかった。

「私も、同じことを言いました、その友達に。そしたら、白石亭本人がそう言っているみたいだから、特に男子なんか、みんな信じてるよって。だから私、どうしても確かめたかったんです。白石亭という人は、どんな人で、自分からそんなことを言いふらすのにはどんな理由があるのかな、って……」

プロセスが抜けていたというよりは、そういう行き違いだったのか。

「そういう噂、僕の耳には全然入っていなくて。自分の名前が出ているのに、当の本人が何も知らないなんて、ホントごめん」

「さっきの反応で、多分そうかなって、私もそれに気がつきました……失礼な言い方になってしまって、私のほうこそごめんなさい」

確か、さっき「セワ……」って呟いた男子が近くにいたな。ちらりと西のほうを見た。壁に向かって、かくれんぼの鬼のように、右腕を顔の前で折り、左腕をだらんと垂らしている。

「僕も、初めて聞いた話なので今は何とも言えませんが、友達に詳しく訊いてみます。だから瀬和さん、今度何か言われた時には、僕のことは全然知らないって、きっぱり否定してください」

僕が知らなかったとはいえ、これ以上、彼女が困惑する張本人にはなりたくなかったし、その話の出所《でどころ》と思える男子がすぐ近くにいたのに知らなかったことにも申し訳がない気持ちだった。

「私ももう一度、友達から詳しく話を訊いてみます」

彼女は頭を下げ、小走りに体育館裏の通路を駆けていった。走るフォームまで姿勢が美しく、彼女の姿が消えるまで、ぼんやりと見入ってしまった。

「何か、説明することはありませんか」

西に、彼女と同じ言葉を投げかけてみた。

「最悪だ……まさか、こんな展開になるなんて」

西は、こちらを向く気になれないのか、壁に背をもたれたまま、何もないはずの床の一点を見つめていた。大きな瞳にいつもの輝きは感じられなかった。

「俺は、あいつらの暴走を止めたかっただけなんだ。ファンクラブだとか言っているうちは、俺も一緒に盛り上がっていたんだが。そのうち、気持ちが昂《たか》ぶりすぎた奴が、俺、告白してみるって言いだして。そしたら、お前ごときがする相手じゃない、俺がする、いや俺だって、しまいには告白の順番まで競いだして……。いい加減にしろ、って怒鳴ったら『告白する勇気がないなら黙ってろ』って」

西は、フーッと息を吐いた。

「本気で好きになっていたのか?」

「俺は、あいつらみたいにふざけたことはしたくなかったんだ。何かあるだろ、そういうの。好きだからこそ、大切にしたいっていうか、簡単に触れられない距離感って」

彼女への気持ちを、ストレートにそう言える西が、とても羨ましかった。

彼女を最初に見かけたのは、芸術の選択授業だったらしい。僕は美術だが、確か西は音楽のはずだ。他の子とは輝きが違っていたというが、それも後々納得することになる。市内の服部バレエスクールに所属している彼女には、全国コンクール中学生の部で優勝した経歴があったのだから。

ようやく、西は僕のほうに身体を向けた。

「なぜだろうな。もう付き合っている奴がいる……そう言って、あいつらをあきらめさせるしかないって思ったんだ。亨と付き合っているから、手は出せないって」

「僕から聞いたって言ったのか」

「すまない」

「謝るなら僕よりも……ちゃんと、自分の口で説明しなきゃな、彼女に。西の気持ちも伝えないと、ちゃんとした説明がつかないだろうから、きっかけとしてはよかったじゃないか」

西の戸惑いの表情を見ていて、相手を想っての言動が、必ずしも思い通りの結果に結びつかない難しさを肌で感じることになった。それでも西が羨ましく思うのは、やはり、僕がまだ、紗彩を探す糸口すら見つけられずにいるからだ。せめて、今は伯父さんのところでバイトをして、きっかけが見つかれば、動きだせる準備をしておかなくてはならない。瀬和という彼女のことは、あとは西に任せるしかない。そもそも僕は、蚊帳《かや》の外だったわけだから。

風が強い。台風でも来るのだろうか。

七月に入っているのだから、来てもおかしくはないが、お天気お姉さんが台風情報を話していた記憶はなかった。

期末テストが終わり、ようやく夏休みの課外補習に入った。さすがにテスト期間中のバイトは控えていたが、今日から再開した。

「亨君、だいぶ慣れたね」

集配の終わり際、伯父さんにかけられた言葉に、自分でもそうかもしれないと感じた。一番わかりやすいのはお客さんの反応だった。少し休んでいたせいもあってか、今日はほとんどのお客さんに声をかけられた。ただ仕事で顔を合わせるだけの間柄なのに、ちょっとした一言を掛けてもらえるだけで、気持ちが明るくなった気がした。

伯父さんは、いろいろ経験を重ねてきたことを、面白く、あるいは興味を引くように話してくれるので、バイト中の会話も勉強になった。はじめは「自分で使うお金は自分で何とかしたい」という動機で始めたバイトだったが、それ以上の何かを身に付けさせてもらっている気がした。

お店に戻って後片付けを始めた時だった。

「亨君、お疲れ様。今日ね、素敵なお嬢さんがお店に訪ねてみえたわよ」

佐恵子さんが嬉しそうに声をかけてきた。その表情は、間違いなく何かを含んでいそうな雰囲気だった。

「亨君、あんな素敵な彼女がいたのね」

「いいえ、いいえ、僕には彼女なんていませんよ」

僕は慌てて否定した。

そんなはずはないでしょう、とでも言うように、佐恵子さんは今度は僕の顔に不思議そうな眼差しを向けた。

僕が、首を何度か横に振ると、

「そうかしら」

まだ、自分の勘《かん》が外れたのが納得できないような表情だった。

「でもね、『バイト何時頃終わりますか？』って訊かれたから、『遅くとも六時半頃には戻るわよ』って答えておいたけど、よかったかしら」

「はい、それは全然、大丈夫です。大丈夫ですけど……どんな感じの子でしたか？」

自分の来訪者に全く予想がつかなかった。まさか、紗彩が？　……その可能性は現実的ではないと、常識的な判断ができる冷静さはあったが、その子が紗彩だったら、どんなにか嬉しいことだろう。

「そうね、髪は肩くらいまであったかしら。あとはね、素敵な印象でしたよ」

「有難うございます」

初めて、それも、一度会っただけの人を、詳しく説明できる人間はそうはいないと思う。モンタージュ写真で、なかなか犯人にたどり着けないのは納得できる。

「あれ、あの子じゃないかしら」

佐恵子さんの視線の先を見る。道路の向かい側から、お店のほうに渡ろうと、顔を右左に振る子が目に映る。それでもまだ、記憶の中の誰かを必死に探していた。が、道路を渡りはじめた瞬間、すぐに彼女だとわかった。でも、どうして？

「たびたび申し訳ありません。先ほどお邪魔したものです。あの、亨君は？」

わけもなく、ただ反射的に棚の陰に隠れてしまった僕は、佐恵子さんの視線と、優しい頷きによって、地酒が並び酒枡《さかます》がオブジェとなって来客者を迎えるそのスペースに押し出された。

「こんにちは。あれ、こんばんは。かな」

隠れていた後ろめたさを悟られないように、自分から挨拶をした。

「急にすみません。この後、予定ありますか？」

「いえ、特には」

「少しだけ、お時間いいですか？」

言葉はしっかりしていたが、あの時と同じように、頬《ほお》がピンク色に染まっていく様子から、彼女がどれだけ緊張しているのかが伝わってきた。

佐恵子さんが、「今日はもう大丈夫だから」と優しく言ってくれたので、掛けていた厚手のエプロンを手渡し、仕事はあがらせてもらうことにした。

外に出ると、先ほどまでの強風は収まりかけていた。まとわりつきそうになる湿気を心地よい風が払いのけてくれる。彼女の髪が風になびいた。

「髪型が違うから、全然わかりませんでした」

「あ、はい」

店を出ても、まだ緊張しているようだった。

二人で店の前に立ち尽くしているわけにもいかず、「どうしますか?」と彼女に訊ねた。

「それじゃ、お茶しませんか?」

「いいですけど……」

「心配しないでください。駅中のカフェではありませんから」

言葉にはしなかったが、察してくれたようだった。あれからしばらく経つのだから、さすがに僕たち二人が今も噂の渦中《かちゅう》にいるとは考えにくいが、人目につく場所は避けたかった。

「私が知っているところでいいですか」

「お願いします」

カフェといえば駅中くらいしか思い浮かばないのも、こういう時には困るんだな。そんなことを考えながら、彼女の少し後ろを離れすぎないように歩いた。

「スイッチを入れておくためなんです」

「えっ?」

「すみません、さっきの髪型の話です」

「ああ」

「髪をきつく纏めるくらいで、スイッチを入れるとか、意味不明でしょ。姿勢のことも友達にたまに言われます。かりん、そんなにいつも背筋ピンと伸ばしてて疲れないの? とか」

僕の姿が彼女の視界にないせいか、落ち着いてきたように思える。視界にいないほうが落ち着くのなら、なぜわざわざ僕を訪ねてきたのだろう。西と何かあったのだろうか。

「ここで構いませんか?」

「はい」

いつも通っている道から一本裏手に入ったところに、こんなカフェがあるのは気がつかなかった。

「いらっしゃいませ、お二人ですか」

「あの、瀬和です」

「ご予約の瀬和様ですね。お待ちしておりました、こちらへどうぞ」

ご予約？　考える間もなく、店員に案内され、奥の窓際の席に、彼女と向かい合うように座った。

床はブルーグレーの無垢材《むくざい》。壁はオフホワイトの板材だが、奥の一面だけ石が貼られている。ダークブラウンの梁《はり》の上にある、ブリキや透明なグラスの容器からは、緑の葉が垂れていた。

「亨君は、何にしますか？」

「じゃ、カフェラテで」

彼女が大きく手をあげる。店員が来ると、カフェラテと紅茶を注文した。

「急にすみませんでした」

明るい表情は、たまに学校で見かける彼女だった。

「私、あれから、東側の階段を通るようにしたの、気づいてくれていましたか？」

それでか、あの出来事が起きるまで見かけなかったはずの彼女を、頻繁《ひんぱん》に見かけるようになっていたのは。

どう答えようか迷っていると、彼女が言葉を継いだ。

「私の気のせいかな、亭君、私を見かけると、視線を逸らしたり、廊下に出たと思ったら、教室に戻ってしまいますよね」

彼女の笑顔は何を意味しているのか。初めて会ったあの時と同じように、展開がさっぱり読めなかった。

紗彩を想う気持ちがあるから、自分には恋人みたいな子ができないと、簡単に結論づけていたが、たとえそれがなくとも、そもそも女子の気持ちが読めそうにない僕には無理なのかもしれない。

「それは、噂で瀬和さんに迷惑をかけたので、偶然であっても、視線を交わしたり、廊下で並ぶようなことはできませんから」

「フフフ」

いや、笑うところじゃないと思う。

僕の話し方が可笑しかったのか、それとも強風で髪型が変になっていたのか、気づかれないように自分の髪に指を通した。

「私、噂のこと訊かれても、否定はしていないんですよ。肯定もしてないですけど。フフ」

僕は完全に思考停止に陥った。どこの展開からたどれば、今のこの状況を理論的に説明できるというのか。

噂の原因を確かめたいと、彼女が格技場までやってきたのは、つい二ヶ月前のことだ。今日は、その僕とカフェで向かい合い、笑顔で、噂は否定しないと言っている。

頭の中を整理しようと窓の外を眺めた。中庭になっていたことにようやく気がついた。コニファーを取り囲むように咲く色鮮やかな花が、明るくライトアップされていた。

頭の中が整理される前に、店員がテーブルに来て一礼した。「ご注文のお飲み物です」と言って大きめのマグカップを目の前に置くと、皿に載った小さめのホールケーキが中央に置かれた。

「それでは、お二人のマグカップを乾杯のように突き合わせて、こちらを見ていただけますか」

よく見ると、マグカップの取手の反対側が、少しだけ平らになっている。

「こちらの部分を、高さも一緒に合わせて……はい、そうです」

思考停止の人間は、他人の指示に従うことしかできなくなるらしい。

「はい、ではいきますよ」

フラッシュで、自分が今何に協力（？）させられたのかだけは理解できた。

「ごめんなさい。せっかくだったから、お店のサービスお願いしました。来てみたかったんです。こういうカフェ」

そうか、知っているというのも、言葉のままの意味で、彼女もここに来たのは初めてということか。

あれこれ考えるのはしばらくやめよう。きっと、僕の時間より、彼女の時間の進み具合がちょっとだけ速いのだ。僕は今のところ、それについていけていないだけだ。そう理解して彼女に合わせれば、これから先の展開も、楽な気持ちでいられるかもしれない。

「亨君、ケーキとかの甘いものは？」

「好きです。でも、久しぶりです」

「よかったです。別々に頼むよりお得だったので、ケーキのセットメニューにしました。

カフェ温かいうちに、ケーキもいただきましょう」

そう言って、二つに切り分けられた片方を、別の皿に取り分けてくれた。

彼女が美味しそうに口に入れるのを見て、僕も、カフェラテとケーキをいただいた。カフェラテは、少し苦味が強めでケーキに合っていたし、ケーキは、フルーツの程よい酸味で生クリームの甘さとも相性がよかった。今日の展開を別にすれば、誰かとまた来てみたくなる好みの味だった。

「本当に美味しいです」

お世辞が苦手な僕は、心から素直に言える美味しさに感謝した。

彼女が食べ終わり、次はどんな展開になるのか少し構えたが、何も起きなかった。そして、時間が少し巻き戻ったみたいに口数が少なくなった。やはり、本当は緊張しているのだろうか。

「瀬和さん、窓の外、ライトアップされてきれいだから、二人でこっち側に並びませんか?」

向かい合っているより少し気が楽になるのではないかと思い、窓の反対側に二人でイスを並べた。

「嬉しいです。有難う」

行動は唐突に映るが、それも彼女の正直さゆえであって、素直でいい子なのかもしれない。

「もしかして、西のことで何かありましたか？　ほら、急だったから」

僕としては、彼女が、突然アルバイト先まで訪ねてきた理由が知りたかった。

「西君？　謝りに来た人ですか？」

「うん、噂にした理由は聞いたんですよね？」

「理由は何も聞いていないです。突然現れて、謝ったらすぐにいなくなりましたから。噂にしたことはすみませんでした、って。私はもう気にしていないですから、理由はもうどうでもいいですけど」

西は、どうしてきちんと説明しなかったんだろう。彼女に理由は必要なくとも、それでは、西がどんな気持ちだったのか、彼女にきちんと伝わらなかったではないか。

僕は、西が純粋に瀬和さんを想い、瀬和さんを守りたい一心だったことと、その想いとは違う結果になって本人も落ち込んでいたことを、尽くせる言葉で伝えた。

僕の言葉に、首を傾《かし》げるようにして耳を傾けていた彼女が、しばらくして反応した言葉は、彼女自身のことだった。

「私、小さい頃は、大人しくて、周りの反応が気になって、何も言えない子供だったんです。いつも母の後ろに隠れて……今思えば、母がバレエスクールに通わせたのも、そんな私をどうにかしたかったのでしょう」

「噂は聞いています。中学生の時の、全国コンクールのこと」

「あの頃は、まだ入賞なんて意識していなかったから獲《と》れたのだと思います、まぐれ同然です。入賞した時は、周りの大人たちから、『大変な努力をされたのでしょう』とかよく言われましたけど、引っ込み思案で自己表現が不得意だった私にとって、バレエだけは素《す》の自分を表現できた、唯一のものです。だから、バレエは、ただ楽しいものでしかなかった。つらいことや苦しいことを、努力して乗り越えてきたような自覚は何もありませんでした。

でも、これから先は、楽しいだけでバレエを続けることはもうできないのかもしれませんね。賞なんか獲っちゃったから」

彼女は、バレエで自分を表現する中で、普段の生活でも同じように伝えること、表現することの大切さをより強く感じるようになったらしく、子供の頃の殻《から》に閉じこもった自分から抜け出そうと、きっと今も必死でもがいていると笑って話してくれた。

その話を聞いて、僕が唐突だと感じていたものは、彼女の健気《けなげ》さと勇気そのものなのだと知った。

「西君の気持ちは、亨君が伝えてくれたから、私が知りえたことでしょう。自分で伝えるという行動をしなかった西君は、今回はとてもラッキーだったかもしれませんが、いつもラッキーを期待しちゃいけないと思うんです。伝えて、自分が傷ついたり、恥をかくことだってあります。格技場の時みたいに……」

彼女に返す言葉が見つからなかった。西も僕も、結局は同じだ。廊下で彼女を避けていたのは、彼女を気遣っての反応には違いなかったが、自分が周りにどう思われるか……みたいな気持ちが心の隅に一つもなかったと言えるだろうか。

「今日、亨君のところに来た理由がどうしても知りたいなら教えます。こうして、一緒にお話をしてみたかったのです、亨君と。あの時から意識するようになったのは間違いないです。意識すると夢に見たり、夢に見るとまた意識しちゃったり、少しでも、亨君の姿を見たくなって、東階段を通っていました」

予想していなかった彼女の言葉に、思わず左隣を見た。髪に隠れていて見えないが、おそらく、耳から頬までピンク色の彼女がそこにいる。

「確かに、夢って不思議だと思う。僕の場合、忘れられないから夢に見るのか、夢に見るから忘れられないのか、夢を見るたびに思うよ」

紗彩のことだった。

「一組の世界史は、教授ですか?」

「うん、そうだけど」

急に話題が飛んだが、驚きはなかった。むしろ、話題が変わったことにホッとした。

「教授、男女が相手に求めるものは、狩猟時代に遡《さかのぼ》るって話しました?」

「ああ、余談だったんだろうけど、面白い話だったから覚えているよ」

確か、「美女と野獣のようなカップルが、意外に多く存在するのには理由があります」

みたいな前置きで始まった記憶がある。男性が女性に求めるものが容姿だとすると、女性が男性に求めるものは、容姿よりも、誠実さとかの中身に置かれるという話だ。男性は、自分の遺伝子を残すために適する女性を本能的に探すらしく、それが、健康的な美しさであったり、体型だったりするので、求めるものが容姿につながっている。一方、女性のほうは、身篭《みごも》った身体で生死を委《ゆだ》ねるのは夫になる男性であり、獰猛《どうもう》な獲物を、時には命を懸けてでも仕留め、必ず自分の元に戻り、養ってくれる男性でなければならなかった。その責任を必ず果たしてくれる相手を、直感で見分ける力が女性には必要だったという。

「忘れられない女性は、きっと素敵な容姿の方なのでしょう?」

「誰も女性とは言ってないよ」

「なら、男性ですか?」

そういう流れだったか。彼女の会話の核心にあえて触れずに、夢の話で合わせようとしたのが迂闊《うかつ》だった。一瞬でもホッとしたのは僕の油断にすぎなかった。関係がないと思われた教授の話題から、見事に彼女の会話に引き戻されてしまったのだから。

僕も、彼女の気持ちにきちんと向き合わなくては失礼だ。そう思い、覚悟を決めた。

「今では、もう九年前になるのかな、約束したんだ、夢に出てくるその子と」

「どんな約束?」

「笑われるからいいよ」

「どうして笑うの、亨君がした約束でしょう」

「僕の母の実家は、とても田舎《いなか》で里山みたいな場所なんだけど、その子とは、そこで出会ったんだ。小さい頃、母の実家に帰るたび、一緒に遊んでいるうちに本当に仲よくなって……。その子の家、きっと生活が苦しかったんだと思う。いつだったか、僕が家族と出かけた話をした時、私も行ってみたいな、って。でも自分は無理だって言うから、僕が働けるようになったら、必ず連れていってあげるって約束したんだ。そしたら、凄く喜んでくれて。自分が約束を果たせた時のその子の顔が、いつか見たくて……。面影はだんだん曖昧になってしまうのに、感触だけが消えないんだよね」

僕は、右手を少し上げてから、小指にだけ力を込めた。

「でも、その後すぐに、その子の父親が農機具の事故で亡くなってしまって、今はその子がどこにいるのかさえわからない」

「咄嗟《とっさ》だったとしても、西君が私の相手に、亨君の名前出したのがわかるような気がする」

「えっ？　いや、僕は人との関わりも積極的じゃないし、何の取り柄《とえ》もない。さっき、僕と話してみたかったみたいなこと、瀬和さんに言われた時、本当に恥ずかしかったよ」

「亨君、さっき、西君のことはたくさん褒めていたわよ。友人の人柄はわかるのに、自分のこととなるとさっぱりなのね」

「でも、本当のことだから」

「今日は、勇気を出して、亨君とお話ができて本当によかった。まあ、残念でもあったけれど」

最初に評価を口にされると、何がよくて何が残念だったのか、とても気になった。

「よかったのは、私の直感は、狩猟時代並みに研《と》ぎ澄《す》まされているのがわかったこと。そして、残念なのは、その直感を活《い》かせない運命だったこと……。九年も想われているその子、本当に羨ましいです」

そろそろ、母が駅に迎えに来るから、帰らなきゃならないと、彼女が鼻先で小さく両手を合わせた。

せっかく訪ねてきてくれたのに、バイトで待たせてしまったお詫びとして、僕が支払いをさせてもらうことにした。心に壁を作らずに誰かと話せたのは久しぶりだった。

支払いをしている間、先に店を出た彼女を見つけた店員が、慌てて追いかける。手には小さな花束だろうか。支払いを終えた僕には、別の店員からＱＲコードが印刷されたカードを手渡された。

「読み込んで、ぜひご覧くださいね。素敵な仕上がりになっています」

注文の品がテーブルに運ばれてきた時、ポーズを決めてフラッシュを浴びたことを思い出した。

「あ、はい。有難うございます」

そのカードをズボンのポケットにしまい込み、急いで店を出た。僕も駅まで一緒に歩くことにした。やわらかな風がまだ残っていた。

「ごちそうさまです。私が勝手にお誘いしたのにすみません」

「僕のほうこそ、瀬和さんとは初めての時間なのに、いろんな話ができて不思議な感覚でした」

「それは、よかった、っていう意味で捉《とら》えていいのかしら」

「もちろんです。その花束は？」

「お店で頼んだ、セットメニューのサービスですって。いいお店と亨君のお陰で、私も楽しい時間を過ごせました。本当に有難う」

お店に来る時とは違い、自然に彼女と並ぶかたちになった。

「私ね、来年から、バレエのために海外留学することに決めました」

思わず右隣を見てしまった。彼女は前を向いたまま、独り言のように続けた。二学期の終業式で楓高校に休学届を出して、来年の一月から一年間、英国バレエスクールに留学をするということだった。

「バレエの先生からはずっと勧められていたのだけれど、なかなか決心がつかなかった。でも、今経験できることをしなかったら、必ず後悔するような気がするの。先のことはわからないけれど、私はこの気持ちを大切にしたいから」

コンクールで優勝した副賞として、留学先の奨学金や、滞在期間中の生活費が出るらしい。だとしても、異国でバレエだけに専念する生活が、僕にはあまり想像できなかった。そのせいか、気安く「頑張って」と言うのも気が引けて、適当な言葉が思い浮かばなかった。

彼女と、今日会って話す機会がなかったら、彼女の印象は違うままだったと思う。彼女がどんな人なのか、全てを理解できたわけではない。でも、彼女が取った行動のお陰で、その印象が百八十度変わったのは間違いなく、僕自身も、なぜだかそれが嬉しかった。

駅前のバス通りの赤信号で立ち止まった。

「瀬和さん、瀬和さんに伝えたい気持ち、ここにあるのに何も言葉が浮かびません」

僕は、自分の胸の前に拳《こぶし》を当てた。

彼女は、僕の顔を見つめた。

「私が、何かを伝えたくても、自分自身で上手く伝えきれていないって不安になる時は、相手を信じることにします。だから、亨君の気持ちは私に委ねてください。言葉がなくても、その仕草や雰囲気、今の亨君の表情で、私が感じ取りますから……。言葉できちんと伝えなければいけない時もあるし、言葉にできない思いがあるからこそ、いろんな表現方法があるのだと思います。この前のバレエの練習なんか、初めて耳にする曲を何度か聴かされた後、その曲に合わせて、今の自分の気持ちを表現してください……とか、笑っちゃうでしょ」

「いや、僕なら固まって動けなくなると思います」

彼女が笑った。今まで見た笑顔で一番自然で、一番素敵な表情だった。もう緊張した様子はどこにもなかった。

「バレエだって、私がどんな表現をしたところで、最後は受け取る側の気持ちもあります。最終的には、それが評価になってしまうのですから怖いでしょう。私はイジワルな審査員じゃないのだから安心してください。それに、ジャンプとかのテクニックさえ素晴らしければ美しく見えるかといったら、それも、私は違う気がするんです。きっと、最後の最後に、本当に必要なのは、その人の魅力じゃないのかな、っていつも思うんです。だからこそ、普段の生活一つひとつがとても大切な気がします。今の亨君の伝え方、私は嫌いじゃないですよ」

信号が青になった。横断歩道を渡りきると、彼女は、乗車待ちの駐車スペースを指差した。

「じゃ、私は向こうなので、ここで」

「今日は訪ねてきてくれて有難う」

最後にお礼を言って、彼女を見送った。

助手席のドアを開けた彼女に笑顔が見えた。運転席の母と、どんな話をして帰るのだろうか。

僕は方向を変え、在来線乗り場のほうに歩いた。何気なく手を入れたポケットに感触があった。さっきのカードだった。

車両に乗り込んだが、発車時刻まではまだ余裕があった。カードをポケットから取り出し、スマートフォンでQRコードを読み込んでみた。

――どうして、気がついてあげられなかったんだ――

ライトアップされたコニファーと彩鮮やかな花の前で、二つ合わせたマグカップ。合わせたカップには、ディズニー映画のヒロインが上手にできていた。彼女だけが笑顔で映っている。後悔したのは僕の表情にではなかった。

瀬和かりん様
HAPPY　BIRTHDAY

お店のコメントが添えられていた。彼女が、セットメニューと控えめな表現をしていたのは、実は、ハッピーアニバーサリープランだったのだ。

彼女の誕生日なら、彼女がその気になれば、たくさんの友人が祝ってくれたはずだ。大切な日に勇気を出した彼女の想いに、僕は応《こた》えられなかった。

応えられなかった理由ははっきりしている。この胸にあるその想いは、いつか必ず相手に伝えなければならない。彼女のお陰で、それは具体的により強くなった。そうしなければ、今日の彼女の行動に対して申し訳が立たない。

もちろん想いを伝える相手は、紗彩以外の誰でもない。


「ただいま」

「お帰り。今日はいつもより遅かったのね」

ケージから出ていたラグが、玄関先に飛び跳ねてきた。

「なんだお前、僕を待っていたのかぁ」

そう声を掛けた途端、違いますよぉみたいに、ゆっくりとリビングのほうに歩いていく。

「おい……」

笑うしかなかった。

「いい匂い」

「ちょうどよかった、冷めると美味しくなくなるから」

僕は急いで着替えると、手洗いをして食卓についた。ケーキを食べたはずだったが、回《ホイ》鍋肉《コーロー》と白米を前にすると普通に食べられそうだった。

「あのさぁ、高柴《たかしば》の実家って、今どうなっているんだろうね」

できたて熱々の回鍋肉を口にしながら、母さんに訊いてみた。

「どうしたの、急に」

自分でも、プランがあって言葉にしたわけではなかった。

爺ちゃんが勤めていた営林署が閉鎖した時に、二人とも高柴を離れてしまっているので、母も、両親のいない実家がその後どうなっているかは全く見当がつかないと言った。

「おそらく、もう、かなり荒れちゃっていると思うけどね」

「爺ちゃんと婆ちゃんは、高柴には全然行ったりしていないの？」

「私の両親は、前しか見ないタイプだからね」

「僕、今度行って、様子見てこようかな」

「はあ、それはいいだろうけど」

母は僕の急な話に戸惑っていたが、住所を聞くと、しっかり記憶に残っていたらしく、すぐに教えてくれた。僕の唐突な行動は、やはり彼女の影響かもしれない。そう思って、ひとり苦笑いをしてしまった。

「ごちそうさま、美味しかった」

階段を上がり、二階の部屋に入ると、ベッドの上に先客がいた。僕が腰掛けると、まるで邪魔でもされたかのように大きく伸びをした。

僕はスマートフォンに、母から聞いたばかりの住所を入力した。車であれば最短距離で移動できるのだろうが、交通手段を検索してみると、電車を利用して隣の市まで行き、その駅からバスで二本乗り継ぎをしなければ高柴の最寄りのバス停に到着しない。

一日で往復するのには、十一時頃に往路で降りて、十三時半には復路のバスに乗らなければならない。徒歩での移動時間を含めた二時間半くらいが、現地で動ける精一杯の時間だった。

さて、行ってどうする。一瞬そう思ったが、今回は行動する自分の姿が見えていた。


雨のせいで、格技場に続く体育館裏のコンクリートが濡れていた。

いつものように畳の上に腰を下ろすと、湿度が高いのだろう、いつもなら感じないジメジメした汗のような匂いが漂っていた。この時期の運動部は、暑さにもバテないように体調管理しないと、練習どころではなくなる。僕の場合はバイトだが、同じように心がけていた。

西のスイングと息遣いを感じながら本を読むのが昼休みの日課になってしまったが、今日は何か用事でもあるのか、西はまだ来ていない。

拍子抜《ひょうしぬ》けしたようで本を読む気になれず、行動の日をいつにするか思案していた。高柴に行くのにはバイトも休みを取らなければならない。もうすぐ課外補習も終わるのだから、平日でも構わない。伯父さんに都合を訊いて合わせるのが一番よさそうだと思った。

耳に入ったのは、聞き慣れた足音のようでもあり、違うようでもあり、現れたのは口を真一文字にした表情の西だった。

「どうした?」

そう言って西の顔を見たが、いつもと違うのは足音だけではなかった。

「もうここには来ないかとも思ったが、さすがの俺もな……」

何かを歯の奥で食いしばるように西が言葉を吐いた。

「亨、好きなら好きと、なぜ正直に言えない。お前が、陰でコソコソする奴だったとはがっかりだ。俺は、本当に人を見る目がなくて自分が嫌になるよ、仙崎といい、亨といい、本当にわかり合えるんじゃないかと思う奴は、ろくな奴じゃない。最後にはこうして裏切られるんだからな」

西は明らかに誤解していた。もちろん瀬和さんのことだろう。

「誰からどんなふうに話を聞いたか知らないが、僕と瀬和さんは、西が思っているような仲じゃない」

「そりゃあ、嫌でもピンとくるよな、誕生日に二人きりで会って、花束まで渡して、駅前を堂々と歩いていたんだから……陰でコソコソどころか、いや、本当にいい度胸だ。有頂天になって、みんなに自慢したかったたかぁ、見てください、僕の彼女です、って」

西は怒りで言葉を吐いて、吐いたその言葉でさらに怒りが増幅されていた。初めて見る西だった。

西が興奮するほど、僕は冷静に言葉を選ぶしかなかった。ただの誤解だからだ。きっと話せばわかる。いつもの西に戻る。そう信じた。

「冷静になってくれ。西が本気で好きな相手と、そういう仲になれるはずがないだろう。それに、僕は、瀬和さんにそういう感情は持っていない」

冷静に言えば言うほど、逆に西の拳に力が入るのがわかる。

「お前、何様のつもりだ、あぁ腹が立つその言い草……まあ、口では何とでも言えるわ。じゃあ、実際に会っていたことはどう説明するんだ」

「それは……」

言葉に詰まった。瀬和さんが緊張してお店を訪ねてきた時の姿、そして「亨君と一緒に話をしてみたかった」と言った時の健気な横顔を思い出したからだ。

「それ、見ろ」

「違う、違うんだ」

「ふん、もうこれ以上、お前の言い訳する姿は俺も見たくないんでな」

西は振り返り、出ていこうとする。彼女の気持ちを言わずに、何とか西に納得してもらえる言葉がないか探したが、見つからなかった。だが、このままでは僕も引き下がれない。

「西、仙崎君や僕から逃げ回るように、自分の気持ちからも逃げ回るつもりか」

「何ぃ」

「そもそもは西が蒔《ま》いた種だし、西が自分の気持ちをしっかり瀬和さんに伝えないからこういうことになるんだ。僕のことをどう思うかは勝手にすればいい、だが、仙崎君の、西を思う真っ直ぐな気持ちすら、素直に受け入れられない奴だったとは本当に残念だ。僕も西と同じように、本当にわかり合える奴かと思っていたが、お互い見る目がなかったようだな」

「ああ、そうだな」

西の後ろ姿を見ながら思った。本心を言葉にするのは、時に、真剣を振り回すようなものだと。相手が傷つき、自分も傷つく。だが、そういう言葉でしか伝えることができなかった。


握りしめていた本のカバーが汗でよれてしまっていた。急に父さんの顔が思い浮かんだ。父さんなら今の僕に何と言うだろう。父さんも僕と同じように、友人とのすれ違いを経験したことはあっただろうか。

僕が、あまり進んで交友関係を築こうとしなくなったのは、父さんが死んでからだった。剣道をやめてしまったのも、友人を遠ざけたのも、今になれば何となくわかるような気がした。単に、それまでと同じ日常を続けたくなかったのだ。何事もなかったように剣道を続け、何事もなかったように友人と遊び、笑い合うことなど、僕にはできなかった。

今となれば、そこまで拘《こだわ》ってしまった自分はどうだったのかとも思う。決して正しかったとは言えないのかもしれない。瀬和さんの言葉を借りるなら、僕はどこかで入れるべきスイッチを入れ損《そこ》ねたままだったということだろう。

西は、きっとそんな僕の社交性の欠如を感じながらも、自分のほうから話しかけてきてくれた。本当にいい奴だったんだ……。


気分を紛らわすために、僕は課外補習明けの初日に行動を起こした。バイトも、休むなら平日がいいと言われていたので問題はない。天気もいいし、もう少し晴れ晴れとした気持ちで出発したいところだったが、仕方がない。何度か、ひとりなのは元に戻っただけだと自分に言い聞かせてみたが、そんな考えで心が落ち着くはずはなかった。

五時四十五分発、あと数分で在来線始発が出発する。いつもの通学時間帯とは違い、若干空いているが、それなりに乗客はいるんだなと思った。

年配の夫婦は旅行だろう、キャリーケースを携えている。若い人から僕の親世代まで社会人も数人いた。毎朝、始発の電車に乗り、新幹線に乗り換えして通勤している人もいるのだろう。同じ場所で生活していても、乗車する電車の時間帯が異なるだけで違う景色が見えてくる。

スーツに身を包み、黒いカバンとペットボトルのお茶を隣に置いて、目を瞑《つむ》っている大人が目に入った。父さんが生きていれば同年代のはずだが、疲れているようにしか見えないそのおじさんに、姿を重ねることはできなかった。父さんはいつも身体を鍛えていたし、スポーツ少年団で剣道を教える姿はカッコよかった。もし、生きていれば、たとえ年齢を重ねたとしても、父さんなりの違う姿があったように思う。

ふと、剣道の練習帰り、父さんが車の中で口にした言葉を思い出した。

「あのな、父さんは母さんに一目惚《ひとめぼ》れだったんだ」

友人の結婚式で見つけた母さんを、絶対に自分のお嫁さんにすると決意した時の話だ。

「でもな、周りからは絶対に無理だって言われたよ。母さんはそれまで、誰に誘われても断るものだから、みんなあきらめていたんだ。んふふ、亨ならどうする？」

僕が二人の間に生まれたということは、もちろん父さんはあきらめなかったということだ。だから、答えた。

「僕だって、好きな人ができたら絶対あきらめない」

「そうか、それなら父さんの子だな」

満足げに笑っていた横顔は、本当に幸せそうだった。

「どうやって、母さんは父さんのお嫁さんになったの」

「そうだな、それは、亨に彼女ができる年頃になったら教えてあげるよ。それより、亨が生まれた時の話をしようか、亨が生まれた時はな、それまでの父さんの人生で、経験したことがないくらい感動したんだぞ。だから、亨も本当に好きな人を見つけて結婚するんだ。大切な人との間に子供を授《さず》かったら、父さんの今の言葉、ビンビンにわかるはずだから」

その後父さんは、鼻の上を掻《か》きながら、

「そういう気持ち、今まで何となく母さんには直接伝えてなかったなぁ」

と呟いて、「今度の母さんの誕生日には『結婚してくれて有難う。亨を産んでくれて有難う』って必ず言うからな」と、宣誓ともとれる言葉を口にしていた。だが、本当に母の誕生日までその言葉をとっていたのなら、母さんにその言葉は届いていない。

在来線は二十分で駅に着いた。いつもは駅を出て楓高校に歩くが、今日は、新幹線に乗り換えて隣の市に向かう。在来線の乗り換えでも一時間あれば行けるのだが、その後のバスの繋がりが悪く、在来線では一日で往復できなくなってしまうため、新幹線に乗り換えるしかなかった。

新幹線に乗ると、小さい頃、家族と旅行に出かけた時のワクワク感が無意識に湧いてきたが、わずか一駅なのでそんな気持ちに浸る間もなく次の駅に着いた。

一本目のバスに乗った。乗り換えのバス停まで一時間半はかかる予定だった。朝早かったせいか、発車すると揺れ具合が心地よく、ついウトウトしてしまった。終点まで行く行程なので油断していたせいもあったのだろう。

「次は終点、終点です。どなた様もお忘れ物ございませんように」

バスのアナウンスで窓の外を見てハッとした。街外れのこのバスターミナルからは閑静な住宅地と畑が見えるだけだった。ここで三十分待ちか……。

行程だけを頭に入れていたため、朝食は待ち時間のある、このタイミングでコンビニから調達するつもりだった。

「あの、この辺りにコンビニはありますか？」

バスを降りるタイミングで、運転手さんに声を掛けた。

「んー、コンビニはねぇ。スーパーみたいのだったら、この通りを入っていった奥にあるよ。十分くらい歩くけどね」

「この通りの奥ですね。ちなみにスーパーの名前は……はい、有難うございます」

往復を考えると時間はギリギリ、何かを勘違いしただけで、今日は朝食も、昼食も抜きになる。何も間違いがないことを祈りながら、教えてもらった通りを急ぐ。早足で歩いて十二分くらいのところに、スーパーの看板が見えた。

二食分のパンとお茶を調達できたのはよかった。この際、空腹を免《まぬが》れただけで感謝しなければならない。

バスターミナルに引き返すと、目的地行きのバスが待機していた。扉が開いたままエンジンがかかっていた。座席に落ち着いて、ようやくエアコンの涼しさと間に合った安堵《あんど》感にホッとした。

遅い朝食のパンをお茶で流し込みながら、実際に行動を起こしてみなければわからないことはたくさんあるのだと思った。けれども、毎日、同じ時間帯に変わらない行動をし、同じテリトリーの中で生活しているのだから、考え方に変化が起きるはずはなかった。まるで、今までの自分の生き方を突きつけられたようで、苦いものが胃から込み上げてきたような気がした。

二本目のバスは、しっかり窓の外を見ながら目的地に向かうことにした。十分くらい走っただけで、景色はどんどん寂しくなってくる。住宅と住宅の間隔が明らかに離れていた。そしてカーブが多い。標高差があるということなのだろう。さらにしばらく走ると道の両側が林になった。民家が途切れたようだ。標高が上がるたびに集落が現れ、またなくなる。それの繰り返しだった。

小さい頃、父さんの車で自宅から高柴に向かったルートと、今回の行程は違うのだと思うが、あの頃通ったのはどんな道だっただろう。確かに山奥に向かって走っていた記憶がかすかにあるが、こんな寂しい気持ちはなかったように思う。家族で出かける楽しさが大きかったからか、高柴で爺ちゃん婆ちゃんが待っていたからか、それとも紗彩に会える嬉しさがあったからなのか。

今日は、そのどれもがないのだと思った。寂しい気持ちが、この先のあてのない行動を余計に心細くさせていた。無意味な行動で終わるだけかもしれない。

目的地のバス停がアナウンスされる。終点はまだまだ先なのだが、車内には僕しかいない。この乗客数では、本数が少なくても運行しているだけで有難く思うしかなかった。ボタンを押してランプがつくと、運転手がミラーで車内の様子を確認した。こんな山の中で本当に降りるのですか？　ミラーの中の視線を勝手にそのように感じてしまい、僕は降りる意思表示の意味で、前のほうにゆっくりと移動した。

バス停で降りると、シャッターの閉まったお店の前に、飲料メーカーの古いベンチがあった。自動販売機があってもよさそうだが、それすらなかった。

検索した住所に向かって歩きはじめた。バス通りの国道から県道に入る。一度下がって橋を渡ってからは、ずっと上りだった。二十分くらい坂道を歩いてきたが、県道とはいえ、車には一台もすれ違わなかった。落石防止のフェンスはペンキが剥がれ落ち、茶色の錆《さび》が土台のコンクリートまで滲んでいた。道路沿いに茂る木々の間から顔を覗かせるように見えた看板は、色褪せていて文字すら判別がつかず、すでにその役割を終えていた。

何もかもが、人の手が行き届かない場所のように感じられた。もう誰からも忘れ去られてしまった遠い場所に僕は来てしまったのだろうか。

気がつくと、スマートフォンの検索画面はいつの間にかフリーズしていた。よく考えれば当然予測されたはずのことにも、準備が行き届いていなかった。マップ画像だけでもプリントアウトしておくべきだったのだ。

この先頼りになるのは、さっきまで見ていた画面と、幼い頃の記憶しかなかった。県道の南側は道路より一段低く、段差のある平地が広がっている。昔は田んぼだったようだが、今は稲の代わりに、背丈はまだ低いが細い樹木がまばらに生えてきていた。これから数年経てば、田んぼだったことすらわからなくなりそうだ。

林になっている北側のどこかに、集落に入る砂利道があるはずだった。おそらく目印らしきものは何もない。小さい頃家族で来た当時も入り口がわかりにくく、何度か通り過ぎて引き返した記憶だけは残っていた。

注意深く見ながら歩いていると、車の走るスピードでは見落としそうだが、道路に覆いかぶさった木の枝が途中で途切れている場所に、山の奥に向かって砂利道が続いていた。小さい頃よりも、その道幅が狭く感じるのは、自分が大きくなったせいなのか、それとも、茂みが当時より深くなっているからなのか。今は、感覚的な違和感よりも、実際に集落に繋がっている道であるかの判断が重要だったが、その判断基準は何ひとつ持ち合わせていなかった。

意を決して、その砂利道に入ってみると、それまでとは違う空間に包み込まれた。木漏れ陽の下を歩くとひんやり感が漂い、鳥の鳴き声が間近に聞こえた。もちろん、いつも聞き慣れている雀《すずめ》の鳴き声などではない。どんな鳥なんだろう。思わず頭上の枝を仰ぎ見たが、よくわからなかった。しばらく歩きながら、少し離れた木々を眺めていると、くちばしの下がオレンジのものや、背中が青っぽく見えるもの、枝に留まるそれらの小鳥たちが、小さく動くたび、自然に目に映るようになってきた。

それになんだろう。これは木の匂いなのか、それとも、緑が覆う大地の匂いなのだろうか。いつもより密度の濃い、その空気が肺から全身に行き渡ると、バスの中での不安な気持ちが和《やわ》らぎ、自然に落ち着きを取り戻していた。

しばらく歩いた後、心地よかった空間から放たれると、明るい場所に出た。道の両側は畑のような農地だったに違いないが、こちらも雑木が所々伸びてきていた。木陰を歩いてきたせいで強い陽射しを感じ、ハンカチを取り出し頭の上にのせた。それでも、標高が高いせいか、ジメジメした暑さは感じなかった。

そのまま道を進むと、やがて丁字路にぶつかった。そして、あの頃ほど大きくは感じないが、見覚えのある石が雑草の間から姿を見せていた。集落に続く道に間違いなかった。おそらく右に折れたほうが、母の実家があるほうで、反対側が、紗彩の家に繋がる道なのだと思う。

ゆっくり歩きながら母の実家を探した。少し下り加減の道を三百メートルくらい歩いた辺り、北側の山から大木の枝が大きくせり出している場所だった。

道から一段下がった草むらの中で、屋根が傾きかけた小さな建物が見えた。大木の下から張ってきている蔦《つた》は、建物の壁を覆い尽くし軒先まで近づいていた。

建物の傷《いた》み具合は想像を超えていた。敷地が窪《くぼ》んだ形状で元々水はけが悪かったうえに、誰も手を掛けずにいたため、湿地のようになってしまったのかもしれない。人がいなくなった場所で時が経過するということはこういうことなのか。爺ちゃんや婆ちゃんが、この荒れた様子を目にしたらどう思うだろう。写真を撮って帰ろうと思っていたが、虚《むな》しくさせるだけなら止めたほうがいいと思った。

仕方なく、今歩いてきた道を戻る。丁字路の南側には先ほど通ってきた林が見えた。このままこの道を真っ直ぐに進んで行けば、紗彩の家があるに違いなかった。

本当の目的は、この先に足を踏み入れることだ。そのために行動を起こしたのに、いざとなると心がざわついた。

紗彩の祖父や祖母は、まだこの高柴に住んでいるのだろうか、それとも、母の実家のように誰もいないのだろうか。自分で確かめる以外にはないのだ。大きく息を吐いた。そして、踏みしめるように一歩ずつ足を運んだ。

右に大きく曲がった道の先、北側に民家が見えた。砂利道から家に続く道は中途半端に草が伸びていて、最近車が入ったようには見えない。建物は平屋だが大きかった。赤いトタン屋根は、茅葺《かやぶき》の上から覆っているのだろう。

家の前に着いたが、人の気配は感じられなかった。昼なのに板でできた縁側の雨戸は閉められていた。

「んっ？　なんだこれは」

思わず声が出た。雨戸に、直径三、四センチほどの丸い穴が、そちらこちらに開いていているのが見えたからだ。この穴には何か意味があるのだろうか。雨戸の意味を考えると、不自然な穴で気味が悪かった。

正面中央から少し右寄りにある玄関に近づいてみた。下半分がパネルで、上半分が透明ガラスになっているシルバーのアルミサッシの引き戸四枚は、内側からシミの付いたカーテンで隠され、中は見えないようになっていた。その引き戸の上をよく見ると、表札に『佐野』の文字が薄く見えた。紗彩は佐野……ではなかったような気がするが。

「すみません」

返事は期待していなかったが、大きな声で呼んでみた。何の反応もなかった。やはり、もう誰も住んではいないようだった。せめて、母に高柴の話をした時、紗彩の話をして、何かしらの情報を得るべきだったか……。

母の実家は思いのほか傷んでいたし、そのうえ、紗彩の情報も得られず終《じま》いの可能性が出てくると、和らいだはずの寂しさが心の中に広がってきた。ただ、ここに留まっていても意味はなかった。赤いトタン屋根を後にして、砂利道のほうに戻りかけた。

どこからか車のエンジン音が聞こえた気がした。どこからだろう。立ち止まり、耳をすました。その音はだんだんはっきりと聞こえてきた。そして近づいている。

やがて左側から視界に入ってきたのは、白い軽ワゴンだった。母の実家の先か、あるいは林の間の道から来たのだろう。黄色いヘルメットを被ったおじさんが、スピードを落とすと僕のほうを見て、やがて視界の右側に消えていった。

――そうか、まだこの先にも民家があるのかもしれない――

砂利道に戻ると、軽ワゴンが走り去った先に向かい、また僕は歩きはじめた。

南向きの土手に、小さい頃見た懐かしい花を見つけて思わず立ち止まった。紫色のフサフサしたような花、これは確かノアザミといったはずだ。そして釣り鐘形の淡い色をしたこの花はホタルブクロ。紗彩に教えてもらった花の名前を、まだ忘れていなかったことになんだか嬉しくなった。

二人でこのホタルブクロを口にくわえて息を吹き込み、プフッと割って遊んだ記憶が甦る。あれはこの土手だったのだろうか、いや、そこまではわからない。この大自然の中なら、どこに花を咲かせていてもおかしくはないだろうから。

砂利道を左に曲がった後、少し先に見えていた大杉がある場所を大きく右に曲がると北側に民家が見えた。その民家は砂利道からはかなり高い場所にあるので、訪ねるためには、砂利道からほぼ直角に折れた急な坂道を上ることになる。

砂利道の行き止まりを塞《ふさ》ぐように、先ほどの軽ワゴンと新型のＳＵＶ車が停まっていた。砂利道の先は少し広い土地になっていて、この地形から判断すると、この先にはもう民家はなさそうだった。

黄色いヘルメットのおじさんと白髪の老紳士が話していたが、老紳士に何か説明を終えると、ヘルメットのおじさんは重機に乗り込み、エンジンをかけて重機を動かしはじめた。その広い土地を造成しているようだった。

僕は頭にのせていたハンカチをポケットにしまった。

「あの、すみません」

目の前の老紳士が民家に関係する人かもしれないので、一応声をかけるべきだと思った。

「はい」

老紳士がこちらに近づいてきた。

「あちらの家の方ですか」

高い家を指差して訊いた。

「奥村《おくむら》さんのところかい？」

老紳士が答えた。そうだ奥村だ、奥村紗彩だ。胸の奥がドクンとなる。

「奥村さん家に何か用かい」

老紳士の表情が何かを探るように感じた。それは当然だ、この土地に無関係な若者が急に現れ、人気のない民家をウロウロしていては怪《あや》しく思われても仕方がない。ヘルメットのおじさんが、佐野という家から出てきた僕のことを何か話していた可能性もある。

「もし、奥村さんのお宅の、お爺さんかお婆さんがいらっしゃるならお話を伺《うかが》いたいと思いまして」

老紳士はすぐには答えなかった。僕から視線を外して奥村さんの家のほうを眺めた。

「ちょっと腰掛けてもいいかい」

「あっ、すみません気が利かなくて」

強い陽射しの中、このまま立ち話になるところだった。

「いや、いいんだ、いいんだ」

そう言うと老紳士は、大きな木の下を指差した。太い丸太を切ったものが三つ並んでいた。木陰になっているその丸太に、老紳士が造成しているほうを向いて腰掛けたので、僕もそれにならって腰掛けた。

「ここで、監督をしている」

「あの、現場監督さんですか」

「いや、違う違う、私はね奥村さんの土地を譲ってもらった者だよ。別荘というほどでもないが、小さな家をね、建てようかと思って。――残念だが、奥村さんはここにはいないよ」

「そうですか、今はどちらに」

「埼玉にいる」

「ここにはいないんですね……」

落胆の言葉が漏れてしまった。さて、どうしたものか。ここであきらめるか、それともこの老紳士から奥村さんの住所を教えてもらうか。土地を譲ってもらったのなら、住所は把握しているに違いない。でも、教えてもらったとして、埼玉のお宅まで訪ねるのは失礼にならないのか。

小さい頃、この高柴の家を出ていった紗彩の手がかりが、すっと遠のいてしまったような気がした。

「私は時々ここに来て監督をしているから、気が向いたらまた来ればいいよ。そしたら、奥村さんの住所くらいは確認しておくから」

「お願いできるのでしたら、はい、助かります」

今は、この老紳士が奥村さんに繋がる唯一の人物であることには間違いがないのだから、奥村さんの住所だけは確認しておきたかった。

「すみません。お名前とお電話番号、お願いできますか」

ここまでの行程を考えると無駄足は踏めない。もし、もう一度会う約束をするならば、確実にこの老紳士がいる時に来なければならない。

「電話番号は090-××××-××××、名前は」

しばらく間があって、

「安川《やすかわ》です」

と教えてくれた。安川？　母の実家と同じ苗字だが、偶然だろうか。

「有難うございました。また来る時には、安川さんに連絡させていただきます」

今日はここまでだった。収穫があったと言えるのかは微妙なところだが、全く手がかりが途絶えたわけではない。後は、安川さんからの情報で次の行動を考えるしかなかった。

時刻は十二時半を過ぎていた。何となく、もう一度母の実家を見てから帰りたかったので、バスの時刻を考えると、切り上げるにはちょうどいい時間帯かもしれない。

――そうだ――

佐野と表札のあった家で気になっていたことを思い出して、安川さんに訊いてみた。

「すみません。さっき奥村さんの家がわからなくて、一軒手前に立ち寄った家の雨戸に、たくさん丸い穴が開いていたんですが、あれは何ですか」

「ああ、きっとそれは、キツツキの仕業《しわざ》だよ」

「えっ、樹木じゃなくて、住宅にまで穴を空けてしまうんですか」

「まあ、こういう自然の中に住むということは、そういう厄介なこととも、上手くお付き合いしながら生活していかなければならないんだよ」

「そうだったんですね、有難うございました」

まさかキツツキが空けた穴だなんて、想像もしなかった。

一つ疑問を解決できたことにお礼を言って、安川さんと別れた。細い線だがまだ紗彩と繋がっている。そう自分に言い聞かせて砂利道を引き返した。

別荘を建てるからには、安川さんもいろいろと調べてこの場所を選んだに違いない。確かに、人として癒される空間ではあるが、実際に住んでみないとわからないこともたくさんあるのだろう。大杉を見上げながらそんなことを考え、左側に曲がるカーブに差し掛かった時だった。

「奥村さ～ん」

背後から確かにそういう声が聞こえた。今歩いてきた道を振り返る。黄色いヘルメットのおじさんが、何か長い枝のようなものを抱えて、安川さんが腰掛けていた木の下に駆け寄った。何か話していたようだが、安川さんが、その長い枝のように見えるものを受け取った。

――そうか、そういうことか――

引っかかる程度の違和感でしかなかったが、あの老紳士が奥村さんなら、それも納得できた。

でも、どうして僕に奥村であることを隠す必要があったのだろうか、そんなに僕が不審に思えたのか。もしそうなら、そういう印象のままここで別れてしまえば、たとえ安川さん宛にこちらから連絡をしても、応えてはもらえない気がした。

このまま帰るか、それとも引き返して、もう一度話をするか。話をするなら、場合によっては帰りのバスをあきらめることになりかねなかった。


「奥村さんだったんですね」

僕は丸太に腰かけた老紳士に訊ねたが、造成している土地を眺めたまま、僕には視線を合わせようとしなかった。

「申し訳ありません。僕は、奥村さんと一緒に、この高柴に昔住んでいた安川の孫です。名前は白石亨と申します」

「安川さんの孫……」

老紳士は驚いたように僕の顔を見た。

「成美の息子です」

「成美ちゃんの……そうだったのか」

老紳士は頷きながらも、驚いた表情を変えなかった。僕は老紳士の言葉を待った。

「それはすまなかった。君の言うように、私は奥村だ。でも、どうして安川さんのお孫さんがこんなところに？」

僕は、小さい頃、高柴に来るたびに紗彩と遊んでいたこと、それは成長した今も忘れることができないくらいいい思い出として残っていること、そしてできればもう一度紗彩に会ってみたい気持ちがあることを奥村さんに伝えた。

「だから、どうしても紗彩さんに繋がる手がかりが欲しかったんです」

「そうだったのか……」

しばらく沈黙があった。

「亨君は、なぜ、紗彩が高柴を離れることになったのかを知っているのかい？」

「当時、紗彩さんのお父さんが、農機具の事故で亡くなったのは聞いています」

「事故か……」

まるで納得できないというような表情だった。

「私の後をついてきてくれるかい」

奥村さんは立ち上がると、さっき受け取ったものだろうか、丸太の陰から黒く長いものを取り出し、そして僕に差し出した。

「なんだかわかるかな」

遠くから長い枝のように見えていたそれは、古い猟銃《りょうじゅう》だった。土の中に埋もれていたのだろう、錆びついていて動きそうもない。

僕は差し出されたものを受け取ったまま、返す言葉が見つからなかった。猟銃を知らなかったわけではない。どうしてこんなものを、奥村さんが僕に見せたのかが理解できなかった。そして「事故か」とはどういう意味だ。まさか事故ではないとでも言いたいのだろうか、僕が今抱えている、この猟銃が関係しているとでも。

向かおうとしている先がどこなのかわからないまま、奥村さんの後に続いた。

「秋の初めに、紗彩の父雅弘が死んだ時、私はいたずらの可能性も考えたんだ。それまでにいろんな嫌がらせを、佐野の爺さんから受けていたからね。でも証拠があるわけじゃない。だから、悶々《もんもん》としながらも堪《た》えていたんだ。

それが、年の瀬になって集落の集まりがあった時だ。解散になって、私はすぐに集会所を後にした。まだ、残って酒飲みをしている連中もいたが、そんな気には到底なれなかったからね。そしたら、いつもは最後まで飲んだくれているはずの佐野の爺さんが、私の後を追いかけてきたんだよ。そしてこう言った。『雅弘もうっかりもんだな、大方、ブレーキのロックでも外して運転したんだろうよ。本当に気の毒だったな。だけどよ、これでお前も俺の気持ちが少しはわかるだろう。どうも今まで、お前ん家の家族は気に食わなかったが、これからは仲よくやっていこうな、なんていってもお隣同士なんだからよ、あははは』……。

あいつのことをどうしても許せなかった。生活は楽とは言えなかったが、家族みんなで力を合わせ、必死で生きていたんだ。それをあいつはめちゃくちゃにしたんだ」

奥村さんは、佐野という人の家の方角に折れた。家の少し手前で立ち止まると、僕のほうに掌《てのひら》を差し出した。僕は、最初意味がわからなかったが、奥村さんが猟銃を見て頷いたので、抱えていたものを渡した。

猟銃を手にすると、奥村さんは僕に背を向けた。そして右ひざを折ると、家の玄関先に銃口を向けて、構えた。

「もう、辺りは真っ暗だった。雪が降る静かな夜だったよ。あいつはテレビを見ながら、真っ赤な顔でまだ酒飲みをしていた。ガラス越しに見える男には同情する余地もなかった。自分もこの先何ができるわけでもない。私は雅弘の無念を、いや家族全員の恨みを晴らさなければ、その一心だった」

奥村さんは、今は動かないはずのトリガーに人差し指を添えた。

——まさか——

僕は高鳴るものを押さえながら唾《つば》を飲み込んだ。

「あと数秒遅れていたら、私は殺《や》っていたかもしれない。私の異変に気がついた婆さんが追いかけてきたんだよ。『紗彩を、紗彩を人殺しの孫にするつもりかい』って、息も絶え絶えだった。その言葉を聞いた途端、この指が、この指がどうにも動かなくなってしまったんだ。ガラス越しの男の前に、紗彩の顔が浮かんできてな。いくら拭《ぬぐ》っても、拭っても、溢《あふ》れるもので視界が滲《にじ》んでしまったんだ……。

亭君、いろいろあったんだよ、あの頃の私たち家族にはね。だから、紗彩のことがずっと心配だった。でも、何もしてやれなかった。本当に情けないよ。私は」

僕は手を差し出し、猟銃を受け取った。奥村さんの話は衝撃だった。たとえ事故死でも、家族にとっては簡単には受け入れられないはずだ。自分の父親が死んだ時がそうだった。それが奥村さんの話のように、意図的に誰かに企てられたものだとしたらどうだろう。そのうえ、法の裁きすら受けることなく、のうのうと笑って生きている姿を目の前にしたら……。

何事もなかったように穏やかでいられるほど、人は鈍感でいられるはずがない。

「なぜだろうな、今日初めて会った亭君に話すことじゃなかったかもしれないな。突然猟銃を目の前にして、私自身驚いてしまったんだ。きっとそうだ。それにしても、あの夜から、猟銃が家から消えてなくなったと思っていたが、婆さん、あんなところに埋めてしまっていたのか」

自嘲気味に笑う奥村さんがいた。これほど穏やかな紳士を変貌させたのだ。ここに住んでいた佐野という人物は。

「どうする？　せっかくこんな山奥まで訪ねてきてくれたんだ、傷んではいるけど、上の家見てみるかい」

「いや、僕は紗彩さんのことでお伺いしたので、それに……」

帰りをどうするかも考えなければならなかった。

「ああ、すまなかった。おかしな話に付き合わせてしまって。亨君の用件をすっかり忘れていたよ。んーとね。もし、残っていればなんだが、昔、夕実さんの実家とやり取りした、年賀状か何かがね」

紗彩は、父親が亡くなった後、母の夕実さんの実家に転居したが、それは小学校入学間近という大事な時期であることを考慮しての決断だったそうだ。

奥村さんは、造成工事中は滞在しているビジネスホテルからこの高柴に通い、造成が完了すれば一旦埼玉の住まいに戻る予定らしい。

「埼玉に戻ったら探してみるけど、探してみないと、今は何とも言えないんだ。せっかく訪ねてきてもらったのに申し訳ない」

紗彩と母親が転居した後、年が明けてすぐに、奥村さん夫婦は次男の住む埼玉に身を寄せることになった。そんな経緯もあってか、時が経つにつれ奥村さんは、自分が二人を追い出してしまったような負い目を感じるようになり、疎遠になってしまったという。

「せめてあの時、この先どうしたいか、二人の気持ちを訊いてやるべきだった。でも、それができなかった」

大黒柱の息子さんを突然亡くし、全てが崩れていくのをどうにかしようと必死だった奥村さんの姿を想像した。

「きっと、奥村さんはわかっていたから訊けなかったんだと思います」

「えっ？」

「ご家族に大切に思われていたお二人なら、自分たちから高柴の家を離れる選択肢は浮かばなかった気がします。ですから、奥村さんは……」

きっと、奥村さんは、自分たちの寂しさよりも、二人の将来を第一に考えたに違いない。でも、他人の僕がそれを口にすれば、つまらない言葉になってしまいそうな気がして、言いかけた言葉を繋げなかった。

「亨君……。ハガキ、ちゃんと探してみるよ、そして、もし、もし紗彩に会えたなら、会うことができたなら……紗彩と一緒に、もう一度来てくれるかな？」

「はい、必ず。約束します」

「ありがとう」

「あの……さっきはお断りしたんですが、あの上の家には、泊まることって可能ですか？」

奥村さんに、帰りのバスの時刻にはもう間に合わない事情を説明してお願いしてみたが、家の中にまでイタチのような獣類が出入りしているらしく、とても人が泊まれる状態ではないと笑った。

「どうせ、私もビジネスホテルに戻るから、その前に、新幹線に間に合うように駅まで送るよ。それじゃ、さっきの造成地まで戻ろうか」

「はい、とても助かります」

本当に助かった。奥村さんは、造成工事の現場に戻った後、工事の方と打ち合わせをしてから、今日は早めに引き上げることを伝えてきたようだ。

奥村さんに促されてＳＵＶ車の助手席に乗ると、新車の匂いがした。

「次男の車なんだがね、どうも私が高柴に通うために、この車に交換したみたいだ。このとおりの砂利道だし、それと、事故を起こさないようにと心配したみたいだ」

ぶつからないためのセンサーが装備されていることや、居眠りにも反応して警告音が鳴る仕組みだと説明してくれた。

「だから、道中も安心してくれ」

「いいえ、そういう心配は全然、はい」

「それより亨君、もし今度ここに来る時は、私に連絡を寄越してくれれば、バス停まで迎えに行くよ。今のところは重機の音で警戒して出てこないが、工事が終わって静かになると、イノシシに遭遇して危険だからね」

奥村さんは砂利道を運転しながらそう教えてくれた。県道を抜け、車が国道に入ってほぼ道なりの運転に落ち着くと、はじめに猟銃の話を打ち明けてしまったせいなのか、それとも、僕を紗彩の友人として認めてくれたのか、他にもいろいろな話をしてくれた。

次男は、埼玉の地方ゼネコンでは名の通った会社に就職して、貧乏育ちのお陰で苦労を厭《いと》わず、人の何倍も働いたのだとも語った。その人柄が社長に認められ、あるプロジェクトの責任者に抜擢《ばってき》された時は、土地の買収や施工の方法、工期、難しい課題山積の中、周りの社員や下請《したう》け業者と協力し合い無事成功させたらしい。今では案件を次々に任され、重責を担って誰からも一目置かれる存在となり、その建設会社で、親族以外では唯一の取締役員であることを誇らしげに話してくれた。

「人生、恵まれた環境であることに越したことはないが、何かしらのプレッシャーの中に身を置くことや、重圧を跳ね返すような力を蓄える時期があっても悪くはないのかもしれないな」

奥村さんの言う通りなのかもしれない。だが、そのためには、過去から未来に繋がる時間が、どこかで途切れてしまってはいけないと思った。亡くなった雅弘さんはもちろん、残された家族でさえ、目の前の生活に追われながらも、心の一部分はどこかに取り残されたままのような気がしたからだ。

それに、奥村さんがトリガーを引かなかったことで救われたのは、紗彩だけではないと思った。奥村さん自身が加害者になってしまっていたら、その息子の時間まで、違う意味で止めてしまっていた可能性もあったのだから。

「息子さん、努力されたんですね」

「あの土地を手放さずに済んだのも、今回の別荘の件も、みんなあいつのお陰だよ」

当事者の苦しみを知らない僕が、あれこれ頭の中で考えてしまったことに申し訳なさを感じながらも、今の奥村さんを支えているという次男の存在が、僕の気持ちにも温かみを与えてくれていた。

「こんなことを訊いていいのかわかりませんが、佐野という人、今は住んではいないようですが、その後どうなったのですか?」

どうしても喉の奥に小骨が刺さったままの感覚が拭えず、その話を素通りできないような気がして、思い切って奥村さんに訊ねてみた。

「ここの集落は高柴三軒、柴原四軒、原下四軒で十一軒あったんだが、今は私のところ以外では三軒残っているだけなんだ。佐野の家も消えた七軒のうちの一軒だし、当然安川さん家《ち》も含まれている」

「だいぶ少なくなってしまったんですね」

「事情は様々だが、一口に言えば農業で生計を立てるのが難しい時代になって、それぞれが翻弄されてしまったというところかな。農家はみんな、先祖から受け継いだ土地を自分の代で荒らしたくない気持ちがとても強いんだ。それは、先祖が開拓民としてこの地に移り住み、どれだけの苦労をしてきたかわかっているからね。

だけど、そこに拘れば、当然農業を辞めるわけにはいかなくなる。米を作るにも野菜を作るにも手作業から機械に代わり、その分機械にお金がかかっている時代だ。それなのに、その米や野菜だけで生計を立てられないとなれば、さらに新たな農業の形態を模索することになる。何をはじめるにしても、また新たな投資が必要になるわけだが、収穫していくらの売り上げになるか、経費はいくらなのか、利益は本当に出せるのか、一番肝心な部分に充分な検証ができないまま、行き詰まったあせりから新しいことに手を出してしまったところは多かったんじゃないのかな。後で聞いた話だが、佐野の家も例外ではなかったようだ」

「でも、苦しい状況の中なら、新たな設備に投資するお金って、いったいどこから……」

「亨君の言いたいことはわかる。そうなんだ。でも、農業をやっていた者にとって、当時はそれができてしまう時代だったんだ。この辺の農家はみな、協同組合の組合員に加入していてね、加入している農家なら、割と簡単に共同組合から借り入れができたんだ。実際にはいくらにもならないはずの土地や建物を担保にしたり、あとは、結《ゆ》いの保証人でね」

「ユイって何ですか?」

「結いとはお互い様というような意味だ。つまり同じ仕事をはじめる仲間同士で、互いに保証人になったりしたのさ」

「同じ仕事ですか?」

「例えば、りんご園を始めてみようと思った者同士、ビニールハウスでイチゴ栽培を始めてみようと思った者同士ならどうだろう? お互い、新しいことを始めようとしている気持ちの温度は同じなんだ、設備費用も同じくらい要る。お互いが保証人にさえなれば、その設備費用を借りられるとなったら?」

奥村さんの話を聞いていて、一度だけバイトで立ち寄った、スナックのんちゃんの壊れかけた看板を思い出していた。なんだかこの話の先が恐ろしいことになるような予感がした。

「今振り返れば、そんな馬鹿なことと皆が皆思うよ。でも、当時は違った。米や野菜だけで生活ができないのなら他のことをやるしかない……そんなふうに追い込まれて、新しいことを始めたい気持がどんどん膨らんでいったんだと思う。冷静な判断ができなくなっていたのかもしれないし、あるいは他所《よそ》で成功した話を聞かされると、こんな僻地《へきち》でも同じように成功できると信じたくなるものかもしれない。実際には、気候から規模から違うのにな。

結局、りんごは酸味が強く出て、市場に出せるような美味いものは収穫できなかったし、害虫被害で見た目もひどかったようだ。イチゴ栽培のほうは、ハウスなんかの設備投資費用の返済や、ハウス内の温度を保つための灯油代がかさんで、稲作どころの経費では収まりきれなくなってしまったらしい。

それに追い討ちをかけたのが、協同組合の組織が経営の合理化とかで、支店の統廃合が始まってからだな。新しい支店長が来て、貸付金の回収をやらざるを得なくなったんだ。回収するほうもされるほうもどちらも地獄さ、そんなお金、どこにもないんだから」

「そういう状況だと、どうなってしまうんですか」

「最後は、担保になっていた土地建物の競売や差し押さえだよ。それしかないんだ。お金が回収できないなら、それなりの手続きだけでも完了させなければ、支店の統廃合なんてできないわけだから」

奥村さんの家は、古いトラクターや最低限の農機具があっただけで、農業への投資は雅弘さんの代になってからは見切りをつけていたようだ。ただ、収入が少なかったので、和牛の飼料代など、わずかな借入金がまだ残っていたらしい。その返済が済んでから、雅弘さんは農業を辞めて、運送会社に勤める予定だったと話してくれた。

「高柴の農地を守ってきた私だが、雅弘の考えに反対はしなかった。ご先祖様には感謝しているが、そのご先祖様だって、子孫の幸せを願っていないはずはないだろうからね」

紗彩の家族は、将来を考えて、大きな投資は危険だと判断したに違いない。

「その点、安川さんは、陰口を言われながらも全て見抜いていたんだろうな」

「陰口、ですか?」

「安川さん夫婦はね、自分の家の田畑はいくらも手をかけていなかったんだ。ご主人は森林組合で働いていたし、奥さんは隣の集落にある大地主の農地で、頼まれた農作業の仕事をして生計を立てていてね、自分たちの田畑は、近所に雑草とかで迷惑を掛けない程度に管理していただけなんだ。いつも秋遅く農繁期が過ぎてから、知り合いの大きなトラクターで、雑草ごと田畑を耕してもらっていたな。だから農機具は一切持たなかったし、ハウスや倉庫みたいな建物も作らなかった。自宅だって、こう言っては亨君に失礼だがこじんまりしたものだったよ。でも、土地に縛られて借金が膨らんでいた連中からすれば、何かしら腹に据えかねていたものがあったんだろう。今は当たり前の判断でも、当時にすれば、安川さんたちは、人の目も、そして噂も気にせず、気持ちよすぎるくらい考えがさばけていたんだと感心するよ。生きることの目的と手段を、きっちり分けて考えていたんだろうな。

ところで、安川さんたち、今も元気なんだろう?」

「はい、隣町の大きな果樹園で、剪定《せんてい》とか収穫の仕事をしています。果樹園の旦那《だんな》さんに気に入られているみたいで、空き家になっている離れに住まわせてもらっているらしいです。元気なうちは、果樹園の仕事を続けるような話をしていると、母から聞いています」

「いや、さすがだ。安川さんらしいわ」

「でも、家《うち》の爺ちゃんたちの生き方はともかく、土地を守りながらその地で生きていくのって、本当に大変なことなんですね。残っているみなさんも、やはり厳しいんですか？」

「残っている三軒は、はじめたものがよかったんだな。トルコキキョウの花卉《かき》栽培がこの土地に合っていたみたいだ。朝晩の冷え込みと日中の気温、その寒暖差が花びらの色を際立たせるらしい。収穫時期には出荷の選別で忙しく、仮眠しかできないという話だから、大変なことも多いんだろうけど、利益は出せているみたいだ。今は三軒共同でトラックを保有していて、直接市場に売りに出していると聞いたな。直接やり取りすることで市場の反応もわかりやすいから、よりニーズに合った工夫もできているんじゃないのかな」

集落の話が一通り終わる頃、雲の切れ間に残る夕日が、遠くに見える市街地に伸びた影を作っていた。

「紗彩がどれほど可愛くても、現金は借金返済や生活費に回ってしまうからお小遣いなんかやれない。それで、私と婆さんで、道路沿いに無人販売の小屋を建てたんだ。無人販売で野菜が売れた時の、二百円三百円を紗彩にくれるのが精一杯だった。それでも本当に喜んでくれたよ。目を輝かせて『それじゃ販売機でジュース買ってくるね』って。買ってくるとコップを並べて『お爺ちゃん、お婆ちゃん一緒に休もう』って必ず三つに分けてくれた。紗彩の分が少なくなるからいらないよって言っても、お爺ちゃんとお婆ちゃんが作った野菜のお陰だから、って……。本当に優しい子だったよ、紗彩は……」

奥村さんの鼻水をすする声を聞いて、つられて僕も鼻の奥のほうがツンとなり、目に映る市街地がぼやけてしまった。

「亨君、私は埼玉に行ってから、ずっと高柴のことを心の奥底に沈めて、無理やり仕舞い込もうと必死だったんだ。でも、なかったことにして蓋をしてみても、心の傷なんか消えるはずがない。かえって、何かのはずみで一つ思い出せば二つ思い出し、思い出したくないものほど連鎖的に溢れ出てきてな……。それなのに、どこかで四季折々の山並みや、夏の夕暮れ時の虫の鳴き声、婆さんや紗彩と過ごした野菜畑が忘れられず、高柴が恋しくてたまらなくなる時があるんだよ。矛盾《むじゅん》しているだろう。

私のそんな気持ちが伝わってしまったのかもしれないね、次男が、父さん、高柴に小さい家でも作って、気が向いた時に母さんと行ってみたらって。そんな時、こうして亨君が訪ねてきてくれたんだ。

今日、亨君に会ってわかったよ。つらい思い出を、記憶の隅に追いやって忘れようと苦しんでいたことは、結局何の解決にもならなかったということが。話せる誰かに聞いてもらって、一緒にそのつらかった思いを共有すること、それが心の救いだったんだ。それがわかるのにずいぶんと時が経ってしまった。亨君、本当に有難う」

「いえ、僕のほうこそ突然現れて、ご迷惑をお掛けしたうえに、駅まで送っていただいて。それに、小さい頃の紗彩の話が聞けただけでも、僕は……」

雅弘さんのことは言葉にしなかった。奥村さんの話を、紗彩がどこまで知っているのかは気になっていたし、証拠はないとしながらも、奥村さんがどうして事件として結びつけたのか、その理由も詳しく知りたかった。だが、あれこれ考えてみても、僕が言葉を挟むにはあまりにも重すぎる内容だった。

それでも、奥村さんの家族の苦しみは、しっかりと心に留めておかなければいけないと思った。話を打ち明けられた側の人間として。この先、紗彩に会う可能性がある人間として。

「間もなく駅だから、さっきの電話番号に着信だけ入れておいてくれるかな、電話番号はでまかせじゃない。大丈夫だから」

奥村さんはバツが悪そうに苦笑いをした。安川という名前は、やはり僕が誰だかわからずに警戒して、咄嗟に浮かんだ名前を言ってしまったらしかった。

僕からの着信音を確認すると、

「埼玉に戻って、高柴から持っていった荷物を探して確認したら、連絡先がわかってもわからなくても、必ず連絡するから」

そう約束してくれた。

「お願いします。連絡待っています」

僕は奥村さんにお礼を言って車を降り、新型のＳＵＶ車にお辞儀《じぎ》をして見送った。

高校生活が始まって、西や瀬和さんと出会った。バイトをしたお金で紗彩へ繋がる手掛かりを探し、高柴にも行ってみた。その先では紗彩の祖父奥村さんに会うことができた。どこにたどりつけるかはまだ何も見えていないが、いろんなことが動いているのが自分でもわかる。そして、何の繋がりもない別々の経験が、自分の中で交じり合い、次の行動を起こさせているような気がした。

少なくとも、高校に入る前までは、自分から動きの中に身を置こうとしてはこなかったように思う。じっとして静かにやり過ごしていたほうがきっと多かった。だが、勇気を持ってひとつ行動を起こせば、見える景色は違ってくる、そして、今まで経験したことのない領域に足を踏み込めば、自分の心にしっかり向き合わなくてはいけなくなる。

僕は、いろんな意味でまだまだ未熟だと思う。でももし、いつか紗彩に会える時がくるなら。その時までに、紗彩を優しく包み込めるような人間に成長していたい。


翌朝布団から出て二階から下に降りると、待っていたようにラグも一緒についてきた。朝方になって熟睡してしまい、いつもより遅い時間帯になったので、早く餌《えさ》が欲しいのだろう。

僕がステンレスの容器を手にすると、足に絡みついてきた。容器に少し餌を入れてケージの中に置く、ラグがケージに入った隙に扉を閉めた。

「掃除機掛け終わった後で出してあげるから」

夏休みで、朝の掃除機掛けは僕が引き受けていた。

まずは洗顔と歯磨きをすませ、着替えをした。落ち着いたところで、母が準備しておいてくれた朝食を摂る。何気なくテレビをつけると、今朝も交通事故のニュースが流れていた。ここのところ、高齢者の運転操作ミスによる事故や、飲酒運転の轢《ひ》き逃げ事件などが連日後を絶たない。一日何百万台もの車が移動している中で起きてしまう事故の確率は、数パーセントにも満たないのかもしれないが、家族や大切に想う人にとってのその事故は、人生に百パーセント影響を与える出来事となってしまう。それが加害者か被害者かは別として。

正面衝突の事故で亡くなった男性の遺族がマイクを向けられ、途切れ途切れの言葉をつなぐ。声を震わせるその映像には、両手を前で合わせた胸元しか映らないが、キャスターが中学生の娘さんと紹介する。

『どうして、どうして私の父が死ななければならないんですか……』

絞りだすような声を耳にすると、テレビの向こう側で起きている事故とは思えなくなってきてつらくなる。

『＊＊容疑者二十二歳はパトカーの追跡から逃走、センターラインをオーバーして男性の運転する軽自動車と正面衝突しました。なお、＊＊容疑者からは基準値を超えるアルコールが検出されており、警察は危険運転致死傷の疑いも視野に入れて捜査をしているとのこと。以上、現場からお伝えしました』

遺族の感情的な言葉とは対照的に、淡々とした声を残して映像はスタジオに戻った。

家族の一人を失っただけで、現実の生活はそれまでとは全く違うものとなる。そして、その死はやむを得ないものだったのだと自分を納得させられるものでなければ、時は経過しても、心の一部分は取り残されたままになってしまうような気がした。

声を震わせていた先程の女性も、おそらくそういう人間の一人になってしまったに違いない。

予定のない日の朝は、どうしてものんびり過ごしてしまうもので、九時半を過ぎる頃、ようやく食べ終えた食器の後片付けが終わった。続けて掃除機がけをしていたが、突然ラグがケージの中で動き回るので、何事かと掃除機を止めると、玄関チャイムが鳴っていることに気がついた。慌ててモニターを覗くと女性が立っていた。

「はい」

「突然で申し訳ございません。私、柏木《かしわぎ》と申します」

柏木と聞いてもすぐに思い浮かぶ人はいなかった。母の知り合いだろうか。

「すみません。母は留守ですが」

「そうですか、俊一さんにお線香だけでもと思い、お伺いしたのですが……突然でしたので失礼しました。また、改めてお伺いいたします」

「わざわざ有難うございます。それなら、今開けます」

僕が知らないだけで、父か母の知り合いなのだろう。せっかく出向いてくれたのなら、このままお帰しするのは失礼のような気がした。それに、お茶を出して応対するくらいのことは、もう僕にもできなければならない。

掃除機を素早く片付け、玄関のドアを開けた。ドアを開けてから、女性の後ろに小さな女の子がいることに気がついた。モニターでは、女性の陰に隠れていて見えなかったのだろう。

「こんにちは。どうぞ、お入りください」

女の子のほうに笑顔を向けてから、女性に家の中へ入るように手で促した。

「お邪魔します」

リビングに案内した。テーブルが中央にあるだけの薄緑色の絨毯《じゅうたん》の上で、膝を折り、お互いに挨拶を交わした。柏木という女性に見覚えはなかった。

「本当に突然で申し訳ございません」

そう言いながら、柏木さんは、もう一度深々と頭を下げたまま、すぐに顔を上げようとはしなかった。その、不自然な間が、僕に何かを感じさせていた。

ゆっくりと顔をあげてから、柏木さんは僕に控えめな視線を向けてきた。

「トオルさん……ですね?」

——どうして僕の名前を?

感じ取った何かを確認するために、僕は女の子に視線を移した。

「はい」

短めにそう答えた。

「私が、トオルさんのお父様に助けていただいた時には、まだ私のお腹《なか》の中だったんです。この子は……」

柏木さんは、所在なげな様子で見つめてくる我が子の頭に、優しく手を添えた。

感じ取った何かは、どうやら間違ってはいなかった。

「いつか、ご家族の方に、助けていただいた感謝の気持ちを、そして、お父様の最後をお伝えしなければ、日々、そう思いながら、いや、そればかり考えながら生きてきました」

「今、お茶をお淹《い》れします」

この女性と、面と向かい合って話し合えるほど、僕は成長しているだろうか。お茶を淹れる名目で、無意識にその場から逃げ出してしまったような気がした。


父は住宅の火災現場で死んだ。その住宅火災の通報が入り、現場に到着した時は、火の勢いが激しく、一刻の猶予《ゆうよ》もならない状態だったらしい。

近所の通報してくれた女性から、火災の住宅には、元々住んでいた五十代の女性の他に、お産《さん》を控えた娘が里帰りしていたはずだと聞かされ、他の隊員が消火活動をする中、父だけが救助活動に向かった。

奇跡的に娘は火災現場から救出されたが、父からの連絡は途絶えたまま、延焼《えんしょう》はさらに勢いを増し、やがて住宅は崩れ落ちた。

焼け跡から、父は住宅の下敷きになっていたことが判明した。五十代の女性も同じだったと聞いている。

父の葬儀の挨拶で、伯父さんが話した内容は、今も忘れることはできない。

ゆっくりと急須《きゅうす》にお湯を注ぎ、不自然にならない程度の時を稼ぎながら、どうして波立つのかわからない自分の心を、必死に落ち着かせようとしていた。

「どうぞ」

差し出したものの、柏木さんがお茶に口をつける様子はなく、しばらく沈黙が続いた。

続く沈黙に耐えられなくなったのは、先ほど柏木さんの話を遮《さえぎ》ってしまった僕のほうだった。

「よかったです。子供さん、元気に成長されて」

父が命懸けで助けた女性は、今までは『どこかの誰か』だった。だから、僕がずっと心のどこかに澱《おり》のようなものを抱えたまま生きてきても、それは自分の胸元に突きつけられることはなかった。

だが、その女性を目の前にして、愛らしい娘さんを目の前にして、怖くなっているのだ。波打つ心の正体が少しずつ露《あらわ》にされる。

「トオルさん本当にごめんなさい……私だけが助かってしまって」

柏木さんのその言葉は、僕の心の闇を見透かしているように聞こえた。もちろん、柏木さんにそんな意図などあろうはずもないのに。

柏木さんは、乾ききった口を湿らすように一口だけお茶を含むと、静かに語りはじめた。

「病院で気がついた時は、ああ、自分は死ななかったんだな……そう認識するのが精一杯でした。火災を思い出すのがただただ怖くて何も考えたくなかった。火が渦を巻き、さらにその渦の中から新たな火が噴き出し、火花を散らしながら迫ってくるのです。あらゆるものを飲み込み巨大化しながら。熱くて、熱くて、息が苦しくて、煙で目を開けることもできませんでした。あれは地獄です。そうです地獄の苦しみでした。その地獄が、夢か現実かわからなくなるくらい、繰り返し私を襲ってきました」

【ＰＴＳＤ】心的外傷後ストレス障害——それが、柏木さんを苦しめていたものだったらしい。

「医師の定期的なカウンセリングを受けて、あの日の恐怖が少しずつ和らいでくると、今度は、生きているという絶望的な寂しさが私を苦しめました。生き残ってしまった。どうして死ぬのが私じゃなかったんだろうと……」

失われた命と残された命。その非情な現実に、こちら側と向こう側で、ずっと向かい合って生きていたのだ、僕と柏木さんは。

「でも、この子の成長と共に生きなければ……という感覚が芽生えてきた時に、いつかご家族に俊一さんの最期《さいご》をお伝えしなければ、それが生き残った私の役目なのだと考えるようになりました」

父が死んでしまった当時の僕はまだ、周囲の大人たちが口々にした父への称賛の言葉だけで、痛めた心を埋め尽くせたわけではなかった。どんな思いを抱いてしまったか――柏木さんが現れたことで、それが突きつけられたのだ。

「だからトオルさん、もう少しだけ私の話を聞いてくださいね」

僕は、柏木さんの瞳を見つめてから、小さく頷いた。

「あの時、私には聞こえました、私を飲み込もうとして迫りくる炎の音を。逃げ場を失った私は、苦しみから逃《のが》れられるなら早く飲み込んでほしいと、心のどこかであきらめていたのかもしれません。その場にへたり込んで、ただ苦しいだけで、呼吸をしている感覚すら薄れてきていました。

突然、濡れた大きな布のようなものが、私の全身を覆いました。

『呼吸器がやられますので、これを口元に』――そう言って救助用のマスクを手渡され、誰かが力強く私を抱きかかえたのです。『大丈夫、私が必ずあなたを助けます。でも時間がありません。一緒に避難してください』……。

私は自分の実家なのに、どこを歩いているのかさえわかりませんでしたが、その方は私の背中を覆うようにしながら導いてくれました。だから、守られているような感覚で逃げることができたのです。避難の最中、上のほうで大きな音がした時、背中を強く押された気がしたので、急げという意味かと思いました。でも違いました。押された次の瞬間、背中を守られていた感覚がなくなってしまったのです。

『そのまま避難してください。絶対に振り返らないで。方向がわからなくなります。二時の方向に早く、早く』……私は怖くて動けなかった。目の前には炎が渦を巻き、逃げ道なんかあるようには思えなかったからです。

『何をしてるんだ。お腹の子のために生きるんだ。その子のために生きろ』『逃げろ、早くするんだ……』苦しそうな声に変わりました。私は振り返らずにはいられなかった……」

一瞬俯いて、鼻の下をハンカチで押さえた後、柏木さんは、大きく息を吐き出すと天井を仰いだ。

「『その子のために、トオルのために生きろ……ナルミ……生きるんだ』絞り出すような声で、振り返った私にそう言いました。私はその時に、男の人はもう助からないんだとわかってしまったんです。だから、だから自分は絶対に死んではいけないと思い、夢中で炎の中に飛び込みました。あの時、どうして炎の中に飛び込むことができたのかは、今も上手く説明することはできません」

震える声で、柏木さんは必死に言葉を繋いでいた。

——ああ……。

脈打つものが身体中を熱く焦がしていた。それは、柏木さんが口にした《父の最後の言葉》への反応に違いなかった。

僕は何もわかっていなかった。父がどんな思いで最期を迎えたか、柏木さんを助けたか。

剣道の練習帰り、父が幸せそうに話していた姿が思い浮かんだ。

——亨が生まれた時はな、それまでの父さんの人生で、経験したことがないくらい感動したんだぞ。だから、亨も本当に好きな人を見つけて結婚するんだ。大切な人との間に子供を授かったら、父さんの今の言葉、ビンビンにわかるはずだから——

火の中に、妊婦が取り残されていると聞いた時点で、たとえ危険でも、父にはその人を助け出すという選択肢しかなかったのだ。それは、母と僕を誰よりも愛していたから、大切に想う人の命の尊さを、誰よりも知っていたから。

そして、意識が遠のく中で最後に見ていたのは、他の誰でもなく、母と僕の姿だったのだ。

「くっそぉ……」

拳に力が入る。その拳の扱いがわからずに自分の太腿《ふともも》を叩いた。何度も、何度も。

「柏木さん、僕は心のどこかで、英雄にならなくても、誰かが助からなくても、父には、母と僕のために死なないでほしかった……そう思っていた時期がありました。そして、そんなことを考えてはいけないのに、そんなふうに思ってしまう自分が嫌いでした。

でも、父は、誰かの命と引き替えに死んだわけではなかったんです。それがやっとわかりました。柏木さんのお陰です。柏木さん親子のために、そして、母と僕のために生きたんです。生き抜いたんです。最後の最後まで。

柏木さんが来てくれなければ、父の最期の想いを知ることはできませんでした。本当に有難うございました」

「いえ、私のほうこそ、なかなか心の整理がつかず、俊一さんの最期をご家族にお伝えするまで、四年が過ぎてしまいました。本当に申し訳ありませんでした」

その後、仏壇《ぶつだん》にお参りさせてほしいと言った柏木さんは、親子で、しばらく父の遺影と向き合っていた。

やがて香煙《こうえん》が立ち、迷うように揺らいだ後に響いたおりんの音色は、心の奥深くに沁み込んでいくようだった。

「本日は急にお伺いして、大変失礼しました。そして、最後までお話を聞いていただいて、本当に有難うございました」

柏木さんはもう一度僕のほうに深々と頭を下げた。

二人を玄関先で見送る時、僕はこの親子とはもう二度と会うことはないような気がして、何と声をかければいいのか迷った。

「柏木さん、僕は柏木さん親子に、本当に幸せになってほしいです。心からそう願っています」

お辞儀をした柏木さんの顔も心なしか清々《すがすが》しく見えた。おそらくは、僕の気持ちがそう映したのかもしれない。


夕方、帰ってきた母に、柏木さんが訪ねてきたことを伝えた。

母は、父の葬儀が終わった日の夜、自宅に訪れた柏木さんのご主人から、何度もお礼を言われたことや、気が動転していて本人がお悔やみの席に参列できなかったことを詫び、恐縮する姿を思い出したようだった。

柏木さんから聞いた、父の最期を話したが、母はただ一度、静かに頷いただけだった。まるで、父の気持ちはわかっていたかのように。

暑さは一段落したように感じる。久しぶりの格技場だが、天井が高いせいもあるのか、蒸し暑さはなかった。

お盆を過ぎた頃から、そろそろ連絡が来るのではと気をもんでいたが、夏休みが明けても奥村さんからの連絡はなかった。別荘の施工で忙しいのか、はがきが見つからないのか、どちらにしても、紗彩の連絡先の確認がまだとれていないのは確かだと思う。奥村さん自身、紗彩に会いたいと言っていたのだから、もう少し待ってみるしかなさそうだ。

剣道場の更衣室の前に、何やら古いイスやカーテンのようなものが塊《かたまり》になっていた。夏休み中に片付けでもしたのだろうか、『処分予定』の貼り紙が付いている。その塊の中に、竹刀の先が見えたので何となく気になった。

空になった弁当をハンカチで包み、バッグにしまい込んだ。畳から立ち上がり、引き寄せられるように『処分予定』の塊に近づいた。

竹刀を引っ張り出してみる。弦《つる》は切れていたがつかを握ってみた。手に吸いつくような感覚を覚える。自然に右手がつば止めの辺りに、左手がつか頭に添える形になった。もう四年が過ぎたのだ。

本当は抑えていたのだろうか、やりたい気持ちを……まさか……。それとも、柏木さんから父の話を聞いて何かが変わったのか。いや、自分でも理屈はわからない。ただ竹刀を手にして身体が反応しているだけなのだろう。きっとそうだ。

鏡の前に立ち、中段の構えを取る。後は何も考えなかった。小学五年生の自分に戻ったように無心になった。剣先を振り出すと、勝手に両脚が連動した。そうだった、こうして、毎日毎日練習の後も自宅で素振りをしたのだ。

初めての試合は、緊張して惨憺《さんたん》たるものだった。自分で何をしたのかも覚えていなかった。相手の発する声が奇声のように聞こえ、相手の竹刀がバチンと音をたてると、体当たりされたような感覚でただよろけた。数十秒の間に二本取られて終わった。

「亨、今の時代に生まれてよかったな。刀を腰に差す時代だったら、亨は二度も斬《き》り殺されているぞ」

試合の後、父は笑いながら言った。

「でもな、どうして何もできなかったかわかるか?」

「緊張したから……」

「どうして緊張した?」

「自信がなかったから……」

「どうして自信が持てなかった?」

「わからない」

その時はわからなかったから、そう答えるしかなかった。

「じゃ、どうしたら自信が持てるようになるのか見つけないとな。次の試合でも斬り殺されたいか?」

「いやだ」

そうだ、あの時父に言われて思ったのだ。負けることは斬り殺されるのと同じことなのだと。もちろん、現実はそうではないけれども、それくらいの覚悟が必要なのだと。

あの試合以降の練習は必死だったと思う。そして、練習をすればするほど、自然に自信がついていった。練習でできなければ、試合でもできないという当たり前のことも理解した。

「ハーッ、ハーッ、ハー」

息が上がってダメだ。やっぱり鍛えていない身体はすぐに悲鳴をあげる。それがスポーツだ。剣道場の床の上に仰向けになった。それでも、すぐには正常な呼吸に戻らなかった。

「素人《しろうと》の素振りじゃないな」

驚いて声のするほうを見た。そしてさらに驚いた。立っていたのが西だったからだ。

二つ目の驚きを隠すように答えた。

「遊びでやっていた程度だ」

「俺はフォームを見れば、どのくらいのレベルかは判断できてしまう」

「それは野球の話だろ」

つい尖《とが》った言い方になったのはなぜだろう。

夏休みが入り、顔を合わせる必要がなかった時間に救われていたのは事実だった。心の準備がないままに、突然、西から声を掛けられて、自分でも、どう反応していいのかわからなかったのかもしれない。

「すまなかった」

「いや、謝るほどのことじゃない、僕の言い方が悪かった」

「違う、あの時のことだ」

「ああ……そのことなら、西だけが悪いわけじゃない」

そうだ、僕も心の中ではずっと悔やんでいた。どうしてもう少し違う着地点が見つけられなかったのかと。

「ちょっといいか?」

西に言われて、僕は竹刀をあった場所に戻すと、畳のいつもの指定席に腰を下ろした。西も、以前会話をしていた頃の場所にあぐらをかいた。

「お盆休みに西宮に帰ってきた。お盆でもさすがに暑かったわ、向こうは。両親に会って、今年は甲子園出場三連覇《れんぱ》がかかっていたのに、出られなかったことを謝った。野球のために東北に来て、両親にはいろいろ支えてもらっているのに、まだレギュラーではなかったにしても、チームとして思うような結果が出せなかったからな。そしたら、来年は同じ台詞は言えないぞ、って言われた」

「あんな負け方もあるんだな」

気にはなっていた。西がつくったきっかけに言葉を挟んだ。

「決勝戦八回表で、みんな甲子園球場を想像しちまったんだ。残念だが、浮き足立ったところがなかったとは言いきれない」

「七対〇だったからな」

「言い訳はできないよ。資格のあるほうが選ばれるんだ。甲子園はそういう場所だ。両親の、来年は同じ台詞は言えないぞ、の言葉には続きがあってな。仙崎に偶然会ったらしい」

「仙崎君、元気だったのか」

「会ったのは五月の連休の時らしいんだ。連休はどこも混雑するんで、近くにある森林公園に夫婦で出掛けた時、そこで見かけたみたいだ。ボーッとしてベンチに座っていたから、はじめは仙崎とは気がつかなかったようだが、親父のほうが気になって声をかけたら、仙崎だったって」

西は足を伸ばしてからもう一度組み直した。

「毎日二十時間ずつ勉強するのを続けていたら、とうとう頭がオーバーヒートしたみたいです……って、笑っていたらしい」

「二十時間かぁ、睡眠時間以外はってことか？」

「部屋に炊飯器持ち込んで勉強してたっていうから、そうなんだろう」

「僕はそこまで勉強した経験がないから、オーバーヒートの想像がつかないな」

「あいつはまず、自分の限界点がどこか見極めて、そのギリギリまでやるつもりだ。さらに、その環境の中で、一番効果的な手法を見つけるんだ。野球がそうだった。仙崎の中では、野球が勉強に代わっただけなんだろう」

「本気で京大医学部目指しているみたいだな。それもただの合格だけじゃなく、上位の点数に拘っているのかもしれない」

会ったことはないが、仙崎の話を聞くたびに、どういう人物なのかを想像してしまう。

「別れ際、無理しすぎないようにがんばってねって母が声かけた時、あいつ、何て言ったと思う？」

「……」

「西は甲子園、僕は医者になるって約束したので、僕だけが約束を破るわけにはいかないんです、だと……」

西の目頭が赤く染まった。

「まったく、仙崎も亨も、真っ直ぐすぎて俺にはわかりづらいんだよ」

仙崎と僕とでは人間の器が違いすぎる気がして、仙崎と一緒に僕の名前が出たのが恥ずかしくなった。

「僕は仙崎君ほどの人間じゃないよ」

「俺には何となくタイプが似ているような気がするが……まぁ、人の中身なんて、そうそう簡単にわかるもんじゃないからな。話は変わるが、実は瀬和さんに会ったんだ」

「えっ？」

「だから、瀬和さんに会ったんだよ」

「そうか」

「そうかって、簡単に流すなよ。こっちはどれだけの勇気振り絞ったと思ってるんだ」

西宮から戻ってから、書店で〝西のテンポに合う〟本を物色していた時らしい。そこで瀬和さんを見かけて声をかけた。僕に「そもそも西がはっきりしないからこういうことになるんだ」と言われた声が、重低音のように脳に響いたからだそうだ。その時は急だったので、さすがに改まって話す時間は持てなかったが、後日会う約束を取りつけた。

かなりの頑張った感を出しながら、西が説明する。場所は書店の中にあるコーヒーショップ。つい最近話をしたという。

「亭、どうして本当のこと言わなかった？」

西は、僕が瀬和さんと話したどの内容を指して言っているのか、どこまで瀬和さんが西に話をしたのかがわからないと迂闊な返事もできないような気がして、すぐには答えられなかった。

「俺はな、これまでの試合で確かに緊張した場面はあったが、そんなのは全然比較にならないくらい緊張したよ。心臓が口から飛び出そうになるって、ああいうことなんだな」

「瀬和さんはどうだった？」

「俺の知っているいつもの瀬和さんだった。明るくて、元気で……可愛くて」

「元気そうならよかった」

「緊張していたせいでしどろもどろだったけど、なんで亨の名前まで出して瀬和さんに付き合っている人がいるって言ってしまったかを説明したよ。瀬和さんは最後まで話を聞いてくれた」

「瀬和さん、何て？」

「西くんの気持ちはわかりました、って。でも、西君がつくった噂がきっかけになって、結果的には、亨君のことを意識するようになってしまった……と、複雑な表情をしてた。二ヶ月近く、ずっとモヤモヤした気持ちを引きずることになって、だけど、このままじゃ何も変わらない……そう思って、誕生日に勇気出してみたんだけど、でも、振られちゃった……そう言ってた」

瀬和さんはそこまで話したのか。

「振ってはいない。瀬和さんの言葉の中に、そういうニュアンスはあったのかもしれないが、はっきりと告白されたとか、そういうのじゃなかった。それに、そういう話は僕がヘラヘラと喋る内容じゃないと思った。だから、本当のことも何も、あえて話すようなことなど何もなかったんだよ」

「そうだな。そういう話、亨はできなさそうだもんな。で、隠していたのはどっちを傷付けたくなかったんだ。瀬和さんか、それとも……」

「だから、隠していたわけじゃない」

西は、いったい何を言いたいんだ。

「瀬和さんからの告白を断る奴の理由が俺には想像できなかった。だって、あんなに可愛いんだぞ、それに性格だって。だから、瀬和さんから、亨に振られたっていう話を聞いた時、てっきり、俺を気遣ってのことかと思ったんだ」

――どっちを傷付けたくなかったって、そういう意味か――

「そんなわけないだろ。僕だって男だ。本気で瀬和さんのことが好きなら引かないさ」

「やっぱり、そうみたいだな」

「えっ？」

「俺はそうは思わなかったんだ。だから瀬和さんに、亨は、俺が瀬和さんを想っているのを知っているから断っただけで、瀬和さんがそういう想いなら二人を応援するから、亨を説得するからって、しつこく言っちまった。瀬和さんの戸惑った表情を見ても、照れ隠しなのかと思って、追い詰めてしまったんだな。そしたら、亨君には想っている子が別にいるの、だから本当にこれ以上、その話は……って」

まさか、そこまで。真っすぐな性格で、誤魔化《ごまか》すことが何よりも苦手そうな瀬和さんの、困り果てた表情が目に浮かぶようだった。

きっと瀬和さんは、自分からあれこれ話したかったわけじゃない。だが、西の熱いものにいつの間にか追い詰められて、全てを説明せざるを得なかったのだ。

「亨、本当に許してくれ」

西は大袈裟《おおげさ》に土下座《どげざ》をした。だが、顔は笑っていた。

あの時よりも、話は複雑に膨らんでしまい、西の土下座は何に対するものかよくわからなかったが、もう細かいことはどうでもよくなっていた。

「土下座はよせよ。あの時、上手く状況を伝えられなかった僕も同じだ。それよりお人好《ひとよ》しすぎないか、自分が本気で好きな子に、二人を応援するなんて簡単に言っちゃだめだろ、普通。いや絶対に」

「でも、その後で、瀬和さん笑ってた。西君と亨君は本当の親友になれるはずだから、ちょっとしたことで喧嘩《けんか》なんかしないでねって。前に瀬和さんと会った時、俺のこと何か話したのか？」

「いや、別に」

「本当か？」

「今さら嘘ついてどうなる、こんなにいろいろバレちゃっているのに」

「ハハハ、それもそうだな」

久しぶりに西の笑顔が見られて、本当に嬉しかった。やっぱり、西とはこういう仲がいい。心から思った。

「瀬和さんから別れ際に言われたよ。西君の気持ちに応えることはできないかもしれないけど、もし、西君が甲子園のグラウンドに立つ姿を見せてくれたら、〝友達〟としてなら、お付き合いを考えますって」

まんざらでもない顔でそう言うと、組んでいた足を伸ばしてから勢いよく立ち上がった。

「じゃ、また明日からここで素振りの練習でもするかぁ」

格技場を出ていこうとする西に声を掛けた。

「僕のことは、何も訊かなくていいのか」

「俺だって、賢くはないが学習能力はある。男女の仲は中途半端に詮索《せんさく》しないほうがいいだろう。その代わり、いい報告ができそうになったら必ず教えてくれよ」

そう言って、西はコンクリートの通路を駆けていった。

西の後ろ姿を見て、瀬和さんなら、必ず女の直感とやらを働かせてくれると期待した。西をかけがえのない存在と認めてくれる日が、いつか来るはずだと。

奥村紗彩　秋

「切なくて苦しくても、女子だったらこういう経験、一度はしてみたいよね……」

ため息交じりに菜々美《ななみ》が呟いた。

菜々美が体調のせいで写真部に休部届を提出してからは、学校帰りに私の家で一緒に過ごすことが多くなった。

私はコーヒーを淹れながら、最近菜々美がハマっている衛星放送の韓国ドラマに目を向けた。

「ミルクと砂糖は自分で入れてね」

カップをテーブルに置いた。菜々美の視線の先では、顔立ちもスタイルも整いきった女性が、好意を寄せる男性の将来を思い、嫌われるセリフを必死に吐き出している。

――好きだったら、どうして自分から結ばれようとしないのかな、好きな人に嫌われるなんてつらすぎる――

そう一瞬思ったが、

――まあ、でも、自分には縁がなさそうな話――

とあっさり片付けて、私は向かい側に座った。それでも菜々美はドラマから目を離さなかった。

「本当に、こんなつらい恋でもいいの？」

映像の明るさに反射して菜々美の可愛らしい横顔が浮かび上がる。その顔を包み込むように、サラサラの髪が首筋まで伸びている。

「しないで終わるよりかはマシでしょ。もちろん、本当なら、優しい彼にたくさん甘えてみたいけどね」

ドラマの次回予告が終わり、ようやく私のほうに顔を向けると、菜々美は照れるように微笑《ほほえ》んだ。

健康そうにしか見えない菜々美の身体に、本当に予断を許さないような病が潜んでいるのだろうか。半分冗談のように「私は余命わずかのヒロインなんだから、優しく接しなよ」と繰り返すばかりで、いくら聞いても、詳しいことは何も教えてくれなかった。

もし、本当に深刻な状態になれば、私には必ず教えてくれるはず。だから、菜々美が話したくなるまで待とう。そう思っていつも自分を納得させていた。

「ねえ、私と紗彩ってやっぱ似てるのかな」

「えぇ？」

私が聞き返すと、菜々美は笑顔で答える。

「ほら、この前、駅のショップ店員の女性に言われたじゃん。ご姉妹ですか？　って」

「ああ」

ショップ店員のその言葉に、私の顔を嬉しそうに覗き込んだ菜々美の顔が思い浮かんだ。

確か、妹に間違えられた菜々美に、「似てるのは雰囲気だけじゃない。菜々美は本当に可愛いもん。だから、実の姉妹じゃなくてよかった。だって、妹のほうが可愛いって、そんなふうに比べられるのつらいからさ」と笑って答えたのだが、「紗彩は美人系なんだよ、なんかこう、いつも涼しげでさ。憧れ的な存在」と真面目な顔つきで言われて、褒められるのが苦手な私は、気になって見ていた服に話題を変えた。

「ねぇ、この服なんか、菜々美に似合うと思うけどな」

『もう少し大人っぽく見られたい』……最近の菜々美の口癖が頭にあって、私なりに選んだお勧めの服だった。「私の服はいいよ」と、予想していなかったあっさりとした反応に少し戸惑ったが「それより、これなんかお姉さんに似合うと思うよ」と冗談を返しながらいつもの笑顔に戻ったので、その時は何とも思わなかった。

だが、今頃になって、あの時のやり取りを思い出すと、私の言葉が菜々美を傷つけていなかったのか不安になった。

もしかして、新しい服はもういらない――そんなふうに思っていたわけじゃないよね。聞きたいけど、怖くて言いだせない自分がいた。


菜々美とは小学校からの付き合いで、小さい頃はどちらかといえば私が百パーセント菜々美に頼っていたのだが、最近、体調の話をするようになってからは、少しずつ変わってきているように感じる。

九年前、私が入学することになった村の小学校は、一学年十数名、全校生徒合わせても百名に満たない小さな小学校だった。私以外の同級生は地元の幼稚園からの入学で、遊んだり、ぶつかり合う経験の中で、すでに何かしらの連帯感は持ち合わせていたように感じた。

入学式の後の教室で、みんなの打ち解《うと》けている様子を見て、私だけがなかなかその輪に入り込めずにいた。

それでも、今日は初日ですからと先生に言われて行った一人ひとりの簡単な自己紹介の後で「サアヤちゃんはどこから来たの」とか「サアヤちゃんも一緒に仲よくしようね」と、今では誰がそういう言葉を掛けてくれたのかも思い出せないが、その言葉にほっとして、何とか新しい場所でもやっていける希望を抱いたのを思い出す。

何であんなことが起きたのだろう。入学して二ヶ月くらい経ったある日、体育の授業の前に着替えをしようと、ジャージ入れの布袋を見た時だった。「あれ」——私はすぐに異変に気がついた。月曜日には、パンパンに膨らんだ布袋を家から持ってきていたはずなのに、それがペシャンとしていたからだ。嫌な予感と、そんなことは有り得ないという願いみたいなもの、だけど、ペシャンとなった布袋。お腹の奥のほうからドクンドクンと何かが伝わってきて手が震え、思うように布袋の紐《ひも》をほどくことができなかった。

ようやく中身を出して、何度も何度も布袋の中を見たが、ジャージのズボンがなくなっていた。みんなが着替えを終えて教室から出ていくのに、自分はその場にへたり込んでしまった。

どうしてこんなことになるの？　新しい場所での生活に、いつかこんなことが起きるのではないかと抱いていた不安。でも、そうならないための努力を、自分はちゃんとしてきたはずだという思い。誰かに何を言われても、絶対に相手が不機嫌にならないように、いつもいつも、言葉を選んで会話をしてきたはずだった。それまで自分が積み重ねていた緊張と我慢は、まるでダムが決壊したように崩れ、涙で目の前が見えなくなった。

そうだ、保健室に行こう。あの優しい養護の先生なら、体育の授業の間休ませてくれる。そう思って立ち上がろうとしたら、教室の入り口に、息を切らして戻ってきた菜々美が立っていた。

「紗彩ちゃん、どうしたの？」

まだ、私を心配してくれる誰かが同級生にいたのだろうか。

「具合が悪いから、保健室に行こうと思って」

「具合悪いって、本当?」

「……」

「違うでしょ、本当のこと言って」

同級生の前で涙を流したのは、あの時が初めてだったと思う。それくらい、私のところに駆け寄ってきて心配そうにしてくれた菜々美の優しさが、本当に嬉しかった。

「紗彩ちゃんは、何も悪くないよ」

菜々美はその時、私の目を見てそう言ってくれた。

その後、急いで上だけジャージに着替えた。下はスカートの中に履いていた夏用の青い短パンのまま体育館に走った。みんなとは違ったけれど、菜々美もジャージのズボンを脱いで、同じように青い夏用の短パンに履き替えてくれたのだ。それが嬉しくて、恥ずかしい気持ちは全然なかった。それより、自分にも本当の友達ができたようで、体育館に行くまで繋いでくれた、少し前を走る菜々美の手をずっと離したくなかった。

その日の学校帰り、私が送迎のスクールバスを降りる時、まだ先で降りるはずの菜々美が一緒に降りた。

「菜々美ちゃん、どうしたの?」

私が訊いても何も答えない代わりに、菜々美はギュッと私の手を掴んで前を歩きだした。まだあの頃は母の実家に住んでいたのだが、その実家の前を通り過ぎても菜々美は何も言わず、私にとっては初めての道を一緒に歩いた。

「この辺りが、紗彩ちゃん家と私ん家の中間くらいだと思うよ」

菜々美に連れてこられた小高い丘には、桜の木が一本だけ立ち、その根元には古い祠《ほこら》があった。

「ここに座って」

その祠の前に腰かけると、丘のふもとに広がるたくさんの田んぼが一望できた。

「ここで、みんなの田んぼを見守っているんだって」

菜々美に言われて後ろを振り返ると、祠の中にいるお地蔵様が、まるで私たちを見ているように佇《たたず》んでいた。

「私ね、こう見えて、小さい頃は寂しがり屋で泣き虫だったんだ。お母さんが仕事に出かけると泣いてばかりいて、ひいお婆ちゃんがよくここに連れてきて優しくなだめてくれたの」

私は、菜々美は小さい頃からきっと活発で明るい子だったのだろうと思っていたので、意外だった。

「私が泣いているとね、『菜々ちゃんの寂しさはどれくらいかな』って訊いてくるから、私は泣きながら『これくらい』って両手をいっぱいに広げて言ったの。『そうだよね、それくらい寂しいよね』って。『でもね、菜々ちゃんがそんなふうに寂しがっていると』……そう言いながら、今度はひいお婆ちゃんが、私よりも大きな手を両手いっぱいに広げて『きっと、お母さんはもっともっとこれくらい寂しい気持ちでいるよ』って。自分だけが一人寂しい気持ちでいると思っていたのに、私が悲しむと、それ以上にお母さんが悲しむんだって、その時わかった。

他にも、ひいお婆ちゃんは、ここでいろんなお話をしてくれたよ。まだ嫁いだばかりの頃、毎日毎日腰を曲げて田んぼの草むしりばかりさせられて、何もかもが嫌になった話とか。そのうち、実家に戻りたい気持ちがこみあげてきて、夜中に布団の中で泣いたことがあったんだって。そしたら、ひいお爺ちゃんに翌朝早くここに連れてこられて、『セツコのお陰で、家の田んぼだけこんなに成績いいよ。セツコ毎日有難う』って言ってもらえたんだって。ここは、この辺りの田んぼが全部見えるから、雑草に負けそうになっている田んぼや、水の調整が悪くて背丈の伸びない田んぼ、いろんな田んぼがある中で、本当に自分の家の田んぼは、青々として気持ちよさそうに育ってたって。

そして、その話をしてくれた後で、ひいお婆ちゃんがね、『菜々ちゃん、毎日目先のことにばかり気持ちを奪われそうになった時は、どこか高いところから、そうだな、お空とか、お月様とか、そういうところから自分の姿を想像してみるのも大事なんだよ、それが上手くできない時は、ここに来て、ひいお婆ちゃんの話を思い出すだけもいい。それからね、ひいお爺ちゃんみたいに、菜々ちゃんも、頑張っている人のことを気づいてあげられたり、優しい一言を掛けてあげられる人になってね』って言ったの」

私は、菜々美がどうしてあの時私に声を掛けてくれたのか、どうして優しく接してくれたのか、何となくわかったような気がした。

「菜々美ちゃん、私ね……」

私は、この村に越してくることになった出来事を話そうと思った。菜々美には話しても大丈夫。そう思えたし、母親にさえ話せずにいた、苦しい胸の内を、菜々美にだけは聞いてほしかった。


——高柴の家での生活が、金銭面で楽ではないことは子供ながらに知っていた。それでも家族仲はよく、父は「お父さんには、今考えていることがあるから、生活もだんだん楽にさせてあげるからな、紗彩」と言って、いつも私の頭を笑顔で撫《な》でてくれていた。そんな父を、私も母も、そしてお爺ちゃんやお婆ちゃんも、心から信頼し、協力していた。

母は近くに働く場所がなかったから、片道一時間くらい離れた町の工場でパート勤めをしていた。農家は収穫時期しか収入が得られないので、母の現金収入は大事みたいだった。

「紗彩も寂しいだろうけど、お家のお手伝い頑張るんだよ」

いつも出掛ける前に玄関先でしゃがみこみ、声を掛けてくれた。

お爺ちゃんとお婆ちゃんが畑で育ててくれた野菜が家族の食卓のおかずだったし、多く採れた野菜は道路沿いに小さな小屋を建てて無人販売をしていた。田んぼや、数頭いた和牛の飼育は、父が古い農機具を使いながら全て一人でこなしていた。

家族仲はよかったのだが、それ以外の心配事に家族はいつも悩まされていた。

「また佐野の爺さんだ。なかなか田んぼに水が張らないと思ったら、裏排水に水を逃されていた」

父が家に帰ってくるなり、ため息をついた姿を思い出す。

田んぼは上の段から水を張り、一定になれば同じ排水に戻し、下の田んぼに引き入れるのだが、裏排水に流されていては、いくら待っていても水が流れてくるはずがなかった。

「佐野の野郎、もう許さん」

お爺ちゃんがたまりかねて怒るたびに、父が宥《なだ》めるように言っていた。

「克人《かつひと》の嫁さんが、子供を連れて家を出ていってしまったから、急に孫がいなくなって寂しいんだ。そのうち気持ちも収まるだろう。それに今、変に刺激して、紗彩にまでいたずらでもされたら困るからな」

今思えば、この父の口癖が知らないうちに私の心に沁みついていたのだと思う。何かされても、それ以上悪いことが起きないようにするためには、自分が我慢するしかないんだと。

あの日の夜に自分が戻れるなら、何を失ってでも戻りたい……。

いとこのおさがりの自転車を、父が軽トラックで運んできてくれた時はとても嬉しかった。毎日自転車乗りで遊んでいたし、あの日もそうだった。ただ、途中でお婆ちゃんから、野菜を入れるカゴが足りないと言われて、カゴを届け、その後一緒に野菜運びをして、自転車はそのまま外に置き去りにしてしまったのだ。

寝る前にそれを思い出し、いつものように、倉庫に自転車を片づけに行った時、倉庫の暗闇で何かが動いた気配がした。外は住宅の外灯の明かりで少し見えていたが、倉庫の奥は暗闇で何も見えなかった。しばらく見ていても何も見えないし、音もしないので、私は気のせいだと思った。家に戻ると母が夕食の後片付けをしていて、おやすみなさいをして布団に入った。

翌朝、母の叫《さけ》び声を聞いて目が覚めた。何かが起きたのだと、ただ心臓がドキドキした。でも今まで、何かいたずらをされても、何か盗まれたとしても、こんな叫び声は聞いたことはなかった。

「お父さんが大変、早くどうしよう。お爺ちゃん、お婆ちゃん、紗彩……早くぅ」

その後は泣き叫ぶ母を見て動けなかった。お爺ちゃんが寝起きのまま、玄関を走って出ていった。すぐに戻ってくると、母に救急車の連絡を頼み、お婆ちゃんには私のことを絶対に離さないように言った。そして、お爺ちゃんはまた家を出ていってしまった。

母の一一九番通報で、想像もしなかった最悪の事態がようやく飲み込めた。倉庫をトラクターで出ていった父が、坂道の途中で畑に落ちてトラクターの下敷きになったのだ。

父が死んでしまい、しばらくはお葬式やその後のいろんなことに追われて、何かを考えたりする余裕さえなかった。ようやく落ちついた頃、お爺ちゃんが思いもよらないことを言いだした。

「あれは事故なんかじゃない、あいつの仕業だ」

母とお婆ちゃんは驚いたようにお爺ちゃんの顔を見た。私は、毎日毎日、朝早くから夜遅くまで働いていた父が、運転を誤って起こした事故なのだと思っていた。母とお婆ちゃんもそう思っていたはずだ。

お爺ちゃんは、トラクターのブレーキの構造を家族に説明した。トラクターはハンドルだけでは畑の中で小さく回れないから、右と左のブレーキを別々に使って回る。そして畑から出て道を運転する時は、その両方をロックして、両輪にブレーキがかかるようにするのだと。

前の日に仕事が終わった後、泥を落とし、バックで倉庫にしまったのだから、両輪をロックしていたはずで、それは父もわかっていて翌朝運転をした。だから、倉庫をまっすぐに出ていって、坂道で普通にブレーキをかけた。ところが、夜中に誰かがそのロックをはずしていたのだろうと。

私はお爺ちゃんの話を聞いて、あの夜のことを思い出した。すると、急に胸が苦しくなって具合が悪くなった。

お婆ちゃんは、「お爺ちゃんが変な話をするからだよ」「紗彩、心配いらないよ」と言ってくれたが、もしお爺ちゃんの話が本当なら、私が暗闇で感じたものは気のせいではなかったことになる。そして、私がそれに気がついて、あの晩母に教えていれば、父は死なずに済んだのだ。

どうしてそれができなかったのか、取り返しのつかない過ちを自分が犯してしまったようで、暗闇の出来事をすぐには言い出せなかった。それでも、何か話さなければと思い、喉の奥から声を絞り出そうとした。途端、空気が自分の周りから急になくなってしまったように息が苦しくなった。何度口をパクパクさせても、まるで、誰かに足を掴まれながら深い海に引き込まれていくような感覚だった。

その後のことはあまり記憶がない。

次の日、お爺ちゃんは母と私に、奥村の家から出て、紗彩は母の実家から小学校に入学させるようにと勧めた。

「雅弘が必死で守ろうとしていた紗彩を、これ以上危険な場所に置いてはおけない。それに、雅弘が死んだ今、返すものが滞れば、この奥村家もどうなるか私にもわからない」

お爺ちゃんはいつもと違って険《けわ》しい表情だった。そして、その後ろで泣いていたお婆ちゃんの姿はいつもより小さく見えた。

父が死んで、何もかもが壊れてしまうのだと感じて、私は声を出して泣いた。――

私がこの村に来ることになった話を聞き終えた菜々美は、私の右手を、両手でしばらく握りしめていてくれた。そして、私の話には何も触れずに、

「もうそろそろ帰ろう」

と言って地蔵桜の丘を後にした。

その日以来、菜々美はいつも私のそばにいてくれた。そしてどんな時も私の味方だった。

「菜々美、小さい頃の地蔵桜での話、まだ覚えてる？」

「どうしたの急に、それは覚えてるよ」

「ありがとう。私、ずっと菜々美に甘えてきたんだから、私だって、菜々美に何かあれば受け止める勇気あるんだからね」

もちろん、無理に何かを聞き出すつもりはなかった。でも、私も何か役に立てるなら、そういう心の準備があることだけは菜々美に伝えておきたかった。

「何言い出すのかと思ったらそんなことか、紗彩、君もだいぶ成長したね」

おどけたように言ったが、菜々美はすぐに立ち上がり、私に背中を向けた。きっと涙を見せないためだ。

「もうそろそろ帰ろうかな、じゃあ、また明日寄るね」

公営住宅のアイボリー色の鉄製ドアを開けて、菜々美が帰っていった。

私が菜々美にしてあげられることは、何も見つからないままだった。

白石亭　秋

奥村さんから連絡が入ったのは、ひと月ほど前の、木々の葉が色付きはじめた、十月の初め頃だった。埼玉に運んであった荷物をいくら探しても年賀ハガキは出てこなかったらしく、あきらめて何度か僕に連絡しようとしたが、約束を果たせない内容の電話はしにくかったと笑った。

結局、高柴の、古いほうの家を解体し始めたら、天袋《てんぶくろ》の奥に埃《ほこり》だらけのダンボールが見つかり、解体業者が処分可否の確認のために取っておいてくれた。その中に、ようやく探していたものを見つけたらしい。

奥村さんからメモを取るように言われ、電話口から聞こえてくる紗彩の母の実家の住所を聞きながら、現実味が感じられないふわふわした指先でペンを走らせた。武者震《むしゃぶる》いに似た身体の感覚が不釣り合いでおかしかった。

僕はすぐに紗彩宛に手紙を書いた。住所、電話番号、その他、全ての連絡先情報。そして、もし時間が作れるなら会いたいという旨《むね》を。それ以外、余計なことは何も書かなかった。

紗彩の事情を考えると、今現在、どういう状況にあるのかもわからない。当たり障《さわ》りのない内容を無理に付け加えるよりも、そのほうがいいと判断した。

僕が一番望んでいることだけ、会いたいという言葉だけで充分だった。


だが、一ヶ月が過ぎても紗彩からの連絡はなかった。あまりに突然すぎて驚いたのだろうか、それとも、手紙の内容に温かみがなかっただろうか、あの時は、待ちに待った連絡先を奥村さんから教えてもらって、自分でも少し興奮気味だったのだと思う。今になって、せめて、高柴で遊んだ思い出だけでも書き添えるべきだったかと反省した。

最初は、紗彩の母の実家に手紙が届かなかったのか……とか、転居して転送処理で遅れているのか……とか、自分ではどうすることもできない事情を想像していたが、僕の元に手紙が返送されてこないことを考えると、そういう理由は考えにくかった。

九年越しの再会は、叶わぬ願いに終わってしまうのだろうか。

「どうしたの、クリスマスの計画でも考えてた？」

佐恵子さんに声をかけられて、はっとした。手を休めていてはアルバイト失格だ。

「クリスマスは何も予定はないんですが、すみません。ちょっと考え事をしていました」

今日は、商品陳列を変更したり、装飾をしたり、ツリーを組み立てるというので、佐恵子さんの指示で店内の手伝いをしていた。酒枡のオブジェは一旦奥に片付けて、スパークリングワインや、金・銀色のリボンを巻きつけたブルーボトルの白ワイン。他には透明の箱に入れた赤ワインなどを中央に並べた。一段下がったその周りに置く日本酒は、アラジンランプのボトルに入ったものなど、普段はあまり目にしない、特徴のあるボトルを並べていた。どれも、佐恵子さんが日中クリスマス用に仕立てたり、選んだものだった。

クリスマス期間中は、家族用にしても贈答用にしても、やはり味わう前に楽しめることが大事らしい。

「まさか、主人に何か言われた？」

「いえ、何も。何か?」

「いや、何も言われていないならそれでいいの」

佐恵子さんが、自分で訊いておいて「しまった」という表情になったのを、僕は見逃さなかった。

このままでは、もやもやの種がまた一つ増えてしまいそうだった。せめて、伯父さんのほうだけはクリアにしておきたい。小さなことでも、気にかかることが増え続けるのは軽いストレスになる。それに、伯父さんの話なら、聞いて悩むような内容ではないだろう。

「バイトのことですか?」

「いやあ、バイトとは直接関係あるようには思えないんだけどね」

――直接? 間接的には関係あることなのかな――

「バイトさせていただいて、伯父さんや佐恵子さんには本当に感謝しています。ですから、何か気になることがあるなら遠慮なく言ってください。悪いところとか、変えたほうがいいところがあるならすぐに直しますので」

気がついているほうは、思っていてもなかなか言い出しにくいのかもしれない。

「全然そういうのとは違うの。主人が最近よく口にしているから、亨君にとうとう話したのかと思っちゃった。何ていうか、将来のこと」

「将来のこと……ですか？」

「ほら、主人って思い込むと勝手に突っ走るタイプでしょ。私の父が亡くなった時もそう」

「この酒屋を継いだことですか？」

「そう、あの時だって、私には何も相談しないで、勝手に勤めていた会社辞めちゃって」

「でもそれは、佐恵子さんの気持ちを第一に考えての行動で、僕なんかは凄いなって思っていたんですけど……違うんですか」

「それは嬉しかったわよ、いろんな意味で。酒屋のこともだし、私を気遣ってくれたことも……。だけど、彼が私を想ってくれたように、私だって彼が真剣に悩んでいたのなら、その時に、彼の相談相手になりたかったわよ。だって、男にとって仕事は、特別なものでしょう」

佐恵子さんの話を聞いていて、スナックのんちゃんの件でも、ただの客先という関係を超えて心配していた伯父さんの姿や、心配だけではなく実際にどうにかしようと自分の立場で支援できるギリギリの提案を準備していたことを思い出した。

「ごめんね。私の話に逸れちゃって」

「いえいえ、僕からしたら、伯父さんはただ凄い人としか言えません。本当に」

「亨君は、クラフトビールとか、フルーツビールって聞いたことあるかしら」

「クラフトビールは聞いたことがあります。フルーツビールは果物のビールですか」

「そうね。クラフトビールは最近テレビでも取り上げられているから、何となく想像できるでしょうけど、どちらも職人さんがオリジナリティを大事にする商品とでも言えばいいのかしら、作り手によって味が決まるビールなの」

「それが、僕の将来に関係しているんですか」

どう繋がってくるのかピンとこなかった。

「ここから先は主人の夢物語だから、その程度に聞いてほしいんだけどね。クラフトビールとかフルーツビールは、ベルギーが盛んらしいの。もし亨君が、将来主人と一緒に仕事をしてくれるのなら、そういうところで醸造工程を学んできてもらって、いつか、一緒に飲食店を開きたいって言うのよ。本当に夢物語でしょ。

東北は果物農家も多いし、マルベリーのような木の実もたくさん種類がある。お客さんが笑顔になれるような、ウチでしか作れない美味しいビールを作って、料理と一緒に振る舞いたいって。もし、亨君が前向きに考えてくれる時には、大学も、醸造とか発酵が学べる生物学科があるほうがいいだろうって、大学の資料請求までしているのよ」

僕はあっけにとられて何の言葉も出なかった。きっと半分くらい口が開いたままだったのか、唾を飲み込む時に不自然に喉が鳴った。

主人の夢物語なの、という割には、話をしている佐恵子さん自身、とても楽しそうだった。

バイトを始めてから、最初に伯父さんから大学支援の話を受けた時、内心では「そんなわけにはいかない」と、いつかその時がきたら辞退する自分を想像していた。果たしてそれは正しい答えに繋がっているのだろうか。

振り返れば、剣道だってそうかもしれない。面倒を掛けたと思うが、あのまま続けて、試合で母に元気な姿を見せていたほうが、実際には親孝行になっていた可能性もあったような気がする。

友人関係も、一定の距離を置いたことで、心を砕く必要は何もなかったが、代わりに信頼関係も生まれなかった。父が亡くなった当時の自分はまだ小学生だったから仕方がなかったかもしれないが、高校生になって西や瀬和さんと出会い、本音を隠さずに語ってみたことで、何かが変わりはじめたことはわかっていた。

「ごめんなさいね。亨君にだって、思い描いている将来があるものね……」

「本当に情けないですけど、そういうのは考えてもみなかったです。その……自分の将来とか、どうせ考えてみたところで、って。心のどこかにあったかもしれません。あの、佐恵子さん、お願いがあるんですけど、今の話、佐恵子さんからは聞かなかったことにさせてもらっていいですか?」

「そうだよね」

佐恵子さんのその言葉が、なんだか申し訳なさそうに聞こえた。

「いえ、そういう意味ではないんです。伯父さんのタイミングで、伯父さんの口から、直接聞いてみたいんです。伯父さんの考えている夢物語を」

「そう？　本当に？　そういうふうに受け取ってもらえたのなら私も嬉しい。ありがとう」

今度は佐恵子さんらしい、明るい口調だった。

僕もそれまでに、どんな返事であっても、しっかりした芯のある考えを準備しておかなければ、伯父さんに顔向けができないと思った。今日、佐恵子さんからこういう話を聞けたことは、僕にとって、とてもラッキーだったような気がした。

「すみません。僕がボーッとしていたせいで、手を休めることになっちゃって」

「いいの、いいの、私が勝手にお喋りしたんだから」

「ここのボトル、だいたいは並べてみたんですけど、細かなレイアウトは佐恵子さんにお任せしていいですか。僕がやると、お店のセンスが問われちゃうと困るんで」

僕が言うと、

「それじゃ、ツリーの飾りつけお願いしようかな。そっちも意外にセンス必要だけどね」

と佐恵子さんが答えたので、二人で顔を見合わせて笑った。

奥村紗彩　晩秋

夕方遅く、母の実家から、収穫した野菜が段ボールで送られてきた。母宛の荷物ではあるけれど、母がパートでいない時は開封して整理しておくようにと頼まれていたので、その日もいつものように段ボールを開封した。

すると、一番上に、うす茶色の大判封筒が載っていた。『紗彩ちゃんへ』お婆ちゃんの字だった。

——なんだろう?

大判封筒が入ってきたのは初めてだった。すぐに中を確認すると、水色の手紙が入っていた。

母の実家の住所で郵送されてきた手紙のようだが、宛名は私だった、『奥村紗彩様』差出人の名前は……『白石亭』。

何もかも全て失い、幼い頃の記憶が灰色に包まれた場所。思い出すことさえ無意識のうちにしなくなり、重い蓋をしたはずだった。それが、手にした水色の手紙で――正確には『白石亭』の名前かもしれない――緑の自然と空の青、花の彩を持った高柴の景色が静かに甦った。その景色の中にいたのは、いつも優しくて、私が密《ひそ》かに心を寄せていた少年の姿だった。

その彼が、私に会いたいと伝えてきてくれたのだ。

もう何年も前のことなのに、急に胸の奥が締めつけられる想いになった。とても嬉しいはずなのに、その気持ちをどうすればいいのかがわからずに戸惑った。今の私の生活には似つかわしくない出来事、キラキラした何かが突然現れて、急な眩《まぶ》しさに目がくらんだような気持ちになった。

あの日、私は、どうしても彼にお別れの言葉を言い出せなかった。「今日でお別れなんだ」……そう言ってしまったら、本当に、もう会えなくなってしまいそうで怖かったのだ。

彼は、身近にいて顔を合わせる友達とはまるで雰囲気が違っていた。どこか私の心を素直にさせてしまうような、不思議な魅力があった。だから私は、いつになるかわからない、当てのない約束にさえ、すがりたかったのかもしれない。

そんな私の気持ちが、あの時、彼を怒らせてしまった。ずっとそう思っていた。それなのに彼は……。

会いたい。会いたい。

胸が高鳴った。

いつからか、期待で胸を膨らませることをしなくなった。

そんな自分に慣れていたはずなのに……。

しばらく胸に押し当てていたその手紙を、自分用の衣装ケースを引き出して、衣類の間にそっとしまい込んだ。大事なものなのに、隠せる場所がそこしか思いつかなかった。

彼からの手紙が届いてからひと月近くが過ぎるのに、私はまだ、返事をすることができずにいた。

木々の葉は、最後に焼けるような色を残して散り去り、今はまるで、静かに冬化粧《ふゆげしょう》を待っているかのようだった。いろいろ考えるたびに、もうあの頃とは違うのだということを痛感した。

何も考えずに再会できるのなら、どんなにか幸せなことだろう。決して大人になったとは言えない私だが、もう子供ではなかった。そして、どんな理由で、どんな行動を取るにしても、彼をがっかりさせたくはない。それらが、私の心の中でせめぎ合っていた。何より、自分が、今一番望んでいることは何なのかを確かめる気持ちが、最後の決断を先送りさせていた。


「菜々美、ちょっと真面目な話してもいい？」

「えぇー、暗くなるような話ならヤダよ」

――菜々美、それは私も心得ているから、心配しないで大丈夫――

そう思いながら、次の言葉を口にする前に、緊張で自分の身体に力が入るのがわかった。

「菜々美にお願いがあるの……」

「ええ？」

何を言い出すの？　そんな表情を向ける菜々美を見て、もう一度言葉を繰り返した。

「親友の菜々美にしか頼めないことなの。引き受けてくれるかな？」

私は、何度も何度も考え抜いた計画を菜々美に伝えた。それは、菜々美にしか頼めないので、「もし菜々美が断るなら、今回の話は全て忘れてほしい」とも付け加えた。

初めのうちは瞬《まばた》きを繰り返しながら私の話を聞いていた菜々美だったが、いつの間にか考え込むような仕草を見せていた。

「紗彩、写真部に入るキッカケになったあの写真、覚えてる？」

菜々美の口からすぐに返事の言葉を聞きたい気持ちもあったが、菜々美が確認したいことがまだあるのなら、その後でも構わないと思った。

「二枚の、桜の写真だったよね」

私たちは、高校に入学したばかりの頃、部活動をどうするか迷っていた。試合や遠征、ユニフォームにお金がかかる運動部は、はじめから選択肢から外されていた。菜々美はどうにかできたと思うが、菜々美が無理にそれを選ぼうとしないのはわかっていたし、もし、私が「菜々美だけでも好きな部活に入って」と言えば悲しい顔をするのはわかっていた。だから、適当な部活が見つからなければ、二人ともそれはそれで仕方ないと思っていたと思う。

文化部の勧誘は、二年に進級したばかりの先輩たちが声掛けをしていた。それぞれの部の教室の前の廊下で私たちも熱心に誘われたが、「やってみたい」……そういうピンとくるものが私には見つからなかった。

「菜々美、どう?」

「何かねぇ」

ひと通り巡《めぐ》り、廊下にいた先輩たちの熱心な勧誘も途絶えた。結局、文化部のほうも私たちはあきらめかけていた。

「最悪、図書室で本読んで過ごしてもいいしね」

菜々美もそう言うし、私もそれでいいと思った。アルバイトをしてみたい気持ちはあったのだが、母が掛け持ちのパートをしているので、私が家事を請け負っていた。そういう状況の中で、私までがバイトに入るようなことになれば、何もかもが中途半端になるのでやめなさいときつく母から言われていた。楽とは言えない生活の中でも、母なりのボーダーラインがあったのだと思う。

「あれ……」

気づいたのは菜々美だった。

「あそこ、写真部ってなってない？」

廊下が薄暗く感じたのは、先輩たちの姿が途絶えていたからなのか、実際に廊下の蛍光灯でも切れていたのか、その教室には人気がまるで感じられなかった。だが、菜々美の言うように、奥の入り口の上には、確かに写真部の文字が見えた。

「やってるの？」

私は菜々美に言ってみたが、当然菜々美も知るはずはなく、私の左手を握るとそろりそろりと手前の引き戸に近づき、窓から教室の中を覗き込んだ。

菜々美は、振り返って私の顔を見ると、ニヤリとした。そして身体をずらし、私を引き戸に近づけた。

私も教室の中を覗き込んで思わず微笑んだ。イスに前かがみになって腰掛けていた男性教師が、伸びたグレーの髪で顔半分を隠し、コクリコクリとしていた。その手になんとか挟まれている大きめの写真は、今にも落ちそうで、かなり危うい状態だった。

コン、コン、コン。

私は、菜々美が何のためらいもなく引き戸をノックしているのに驚いた。

「ちょっと……」

言いかけたが、私のそれは意味がなかった。

「失礼しまぁーす」

ささやくような言葉は、はじめのノックのような勢いとはなぜか一致しない、でも些細な行動の中にも相手への気遣いを決して忘れないところは菜々美らしいといえば菜々美らしい。

教師は、菜々美の優しい声に反応したように、静かに瞼《まぶた》を開けた。

「いやぁ、これは油断してしまったようだ」

私たち二人が目に入ると、バツが悪そうにして、持っていた写真を机の上でトントンと揃えた。何枚か持っていたようだ。

「在籍部員はいないんだよ。教頭に、私の趣味が写真とばれてしまってね。勝手に写真部の顧問にされたんだ」

穏やかな口調は、何をどうしたいとか、ましてや、私たちに何かを期待する意図は全く窺わせなかった。教師というより、優しいおじさんというのが私の印象だった。

「写真、見せていただいていいですか？」

菜々美が言うと、教師はうなずいた。

「ああ、ちょうど、去年撮ったのを整理していたところだ。駄作ばかりだが、勝手に見てくれていいよ。写真が――いや、被写体が喜ぶ」

机の上に散乱した写真を、一枚ずつ手に取り順番に見ていった。

その後は二人とも無言になった。

被写体は特別なものでも、皆が知る有名な何かでもなかった。だが、その写真に収まった被写体には、おそらく日常で誰も気づいてくれない輝きが、儚《はかな》さが、強さが感じられた。

そして、それぞれに惹《ひ》かれた一枚を手にしていた。

「凄いね」

「うん」

菜々美が手にしていたのは、清流の上に枝を伸ばす桜の一部分だった。清流の水の色に、映る空の青が溶け合い、言葉では表現できない碧色になっていた。

それは、ファインダー越しにしか見せない色なのかもしれない。水面のきらめきと伸びた枝の陰影。それらは全て、名もない桜の花びらを際立たせるためにだけ、この世に造《つく》られたとさえ思えた。

「紗彩のも、桜だね」

私が手にしていたのは、朝もやが立ち昇り始めた大地に、静かに佇む桜の木だった。朝焼け前なのか、その始まりなのか、その空は暗闇なのに明るさが滲んでいた。私は十五年間も毎日朝を迎えてきたはずなのに、こんな色の空は見た記憶がなかった。

朝もやも、朝焼けの空も、おそらく一瞬なのだと思う。私も含めてたくさんの人々は、ただせわしない時間に埋もれてしまい、世の中にこんな素敵な瞬間があることを気づかずに生きているのかもしれない。

そして、手にしていた写真には、全ての始まりを感じさせる何かがあった。

――この桜の木が私自身だったら――

願うような思いが心の奥深くに生まれた。

それまで無言だった先生が、そばに置いてあったカメラを手にして、言葉をかけてきた。

「もし、君たちが写真に興味あるのなら、これを使ってもらって構わないよ」

「あっ、でも私たち……」

私はカメラ＝高額というイメージがあって、個人で準備などできそうになかったし、写真部の備品として借りるにしても、部費が心配になった。

「入部とか堅苦しく考えなくていい。このカメラは私個人のカメラだし、君たち二人となら、私の趣味の延長で写真部もやれそうだからね。それに、部員がいない写真部では、顧問の私も格好がつかないだろう。ただ、私にとっては、写真部も趣味の範囲だから、お金の管理はしない。それでいいかな」

部費は徴収しないし、消耗品やカメラに関する費用は先生が負担すると言ってくれた。それ以外、例えば撮影場所へ移動する交通費とか、そういうものは各自負担するようにと言われた。

「いいじゃん。ね」

写真自体に惹かれるものがあったので、菜々美が気に入ったのなら……と、私も同意する形であっさり入部を決めてしまった。

「じゃあ、写真部の定員は二人なので、一応君が部長、そして君が副部長で頼むよ」

「定員二名ですか」

菜々美が驚いたように訊いた。

「そうです、部長。貸し出しできるカメラが二台なので、定員は二名。それから、私は浅井です。部の方針は二人に任せます。カメラのことは何でも遠慮せずに聞いてください。それぐらいの責任は果たしますから」

笑ってそう言うと、浅井先生は簡単なカメラの説明をしてくれた。どちらも、先生が愛用していた一眼《いちがん》レフカメラだった。

「あの時さぁ、浅井先生、成り行きで私たちを部員にしたのかな」

棚の上に飾ってある写真を見つめて菜々美が言った。私たちが『働く人』をテーマにしたフォトコンテストに応募して、佳作《かさく》に選ばれた作品だ。

「んー、実は私もそれ気になってた」

「ちゃんとしたカメラだったし、あの時はわからなかったけど、後でカメラ屋さんで同じ機種の最新型見たらさ、高額でびっくりしちゃったもん」

「うまく説明できないけど、あの時たくさんあった写真の中から私たちがそれぞれ手にした桜の写真が、浅井先生の心を動かしたんじゃないかな」

何となく思っていたことを私は口にした。

「実は、フォトコンテストで上位に入賞した作品だったとか？」

「そういうの自慢する先生じゃなさそうだから、私たちが知らなかっただけで、その可能性はあるかもしれないけど」

「けど？」

「単純に、浅井先生にとって特別に思い入れのある写真だったのかも、あの二枚の桜の写真」

「それが、大切なカメラを預けてもいいと思った理由？」

菜々美はまだ、何となく腑《ふ》に落ちないようだった。

「だって、私たちがあの写真を手にするまでは、部員になるのを勧めるようなそぶりは全く見せていなかったよね。それに、浅井先生、趣味って言っていたけど、あの写真見て思わなかった？　簡単に撮れる写真じゃないって」

私は、あの朝もやと、暗闇に明るさが滲む瞬間を思い浮かべて言った。

菜々美も同意したように頷いた。

「そうだよね、季節とか天候とか時間帯とか、ある程度は絞られても、その先だよね」

菜々美はそう言って腕組みをした。

「私ね、『どうしたらああいう写真撮れるんですか？』って訊いてみたことがあるんだよね」

「先生、何て？」

「めぐり合わせだって。寝袋積んだ愛車のステーションワゴンに泊まり込んで、何日も期待をかけてその時間帯にただ待つんだけど、簡単には遭遇しないって」

「なら、紗彩が手にしたあの写真は、奇跡の一枚、とも言えるわけだ」

「菜々美が選んだのも、きっとそうなんだと思う。名もない桜の花びらを、最高に輝かせる背景をずっと探してようやく見つけた、最高の一枚」

「なんだか、あの教室で、私たちをずっと待っていたみたいな気がするね、浅井先生は」

「成り行きとか偶然とかじゃなく、私たちの感性に何かを見つけたんだよ。そうだな……浅井先生にとってそれは、最高の一枚を撮るために譲れない何かと同じくらい大切なことだったのかもしれない」

「私たちは、先生の確かな目が見つける被写体と似ていた、っていうことなのかな」

そう言いながら、菜々美の表情が少し変わった。

「肯定的な言い方をすればね……。でも別の言い方をしたら、私たちは、普段は誰の目にもとまらない名もなき桜と同じ、っていうことになっちゃうよ」

私は笑った。

「それって、自分たちが気づいていないだけで実はすごい意味があることなのかも。私たち二人にだって、何かのきっかけさえあれば、最高に輝ける瞬間があるっていうことに繋がらないかな。ねえねえ、そう思わない？」

久しぶりに笑顔の菜々美を見たような気がした。そして、改まったように私の手の上に菜々美が手を重ねた。

「紗彩、私引き受けた。さっきの話。何かが見えているわけじゃないけど、今回のことも、私たちにとって必然的な出来事になるような予感がしてきた」

私の想いを形にする計画がようやく滑りだした。菜々美は、私からのお願いを、ただの受け身ではなく、自分の意志を含んだものにしたかったのかもしれない。

「ありがとう菜々美。期待してた」

それから、棚の上にある、稲の束を「はさかけ」する老夫婦の写真に話題が変わった。この老夫婦は孫のために、栄養分を最後の一滴までを米一粒一粒に落とし込むため、今はあまり見かけなくなった「はさかけ」をしていると話していた。

「この写真が佳作に選ばれた時、浅井先生、とても喜んでくれたね」

つい最近のことだが、懐かしむように菜々美が言った。

「体調よくなったら、また、一緒に写真撮ろうね」

それは切実に近い私の願いだった。そして、いつも想像していた。

『ごめんね、心配させて。病気の話は悪い冗談だから』
菜々美がそう言って、笑って抱き合う私たちの姿を……。

白石亭　冬

ようやく紗彩から返事が届いたのは、垂れこめた雲の空から初雪がちらつきはじめた日の午後だった。

待ちに待った連絡のはずだったが、送られてきたメールの内容を見てすぐに思い浮かんだのは、高柴を訪ねた時に奥村さんから聞かされた、雅弘さんの事故に関する話だった。


亨君、お手紙有難う。私のことを覚えていてくれたなんて、本当にうれしいです。もし会えるなら、私もぜひお会いしてみたいです。

でも、高柴のことは、いろいろあってあまり思い出したくありません。幼い頃のことは振り返らずに、これから先の時間だけを一緒に楽しむと約束してくれますか？

私のわがままを許してください。

僕は、ただ紗彩に会いたいという一心でここまで来てしまった。でも、実際に会ってどうすればいいかということは、あまり考えていなかったような気がした。

紗彩と突然会えなくなった当時の寂しさは、それまで感じたことのないものだったように記憶している。そしてそれは、ただの寂しさだけではなかった。誰かに話せば幼い頃の勘違いだと笑われるかもしれないが、そこには間違いなくあったのだ。〝恋心〟にも似た何かが。いつまでもそれが潜在意識の中にあって、何年経《た》っても夢にまで見るのだろうと納得さえしていた。

自分がそういう気持ちだったからか、紗彩もきっと僕と同じ気持ちだろうと思い込んでいた。たとえ九年ぶりの再会になったとしても、高柴で遊んだ頃の思い出話をすれば、すぐにでも時間は巻き戻せると、心のどこかで期待していた。

メールを何度も読み返したが、紗彩に、僕の感情に似た何かを見つけることはできなかった。なぜなのだろう。

それに、時間を巻き戻すきっかけになるはずの思い出さえ、紗彩の口から切り出さない限り、僕のほうからは言い出せそうもなかった。

確か、奥村さんは言っていなかっただろうか。嫌な思い出は、心の奥底に閉じ込めるのではなく、話せる誰かと共有することで救われると。

待とう。僕がそういう相手として紗彩に認めてもらえるまで。紗彩のことなら全てを受け入れられるはずだ。僕は高柴に行ってそう誓ったのだから。

僕は、今の紗彩の気持ちに寄り添うことを約束すると返信した。


僕が紗彩にメールを返信して、連絡が来たのは、さらに一週間が過ぎた寒い日の夜だった。上空には強い寒波が停滞している。去年は暖冬で雪が少なかったが、今年は、平年より厳しい寒さになるのかもしれない。

二度目の紗彩からの連絡は携帯電話の通信アプリに入った。

亨君、紗彩です

しばらくぶりで会うのにどうかと思いますが、スキー場で待ち合わせましょう
レンタルで全て揃うので
手ぶらで来ても大丈夫です

その後に、スキー場の待ち合わせの日時と場所が記されていた。

『まずは、どこで会って何をすればいいのか悩むところから始まる』という僕なりの予想は見事に外れた。いや、回避できたと思ったほうが前向きか。

だが、経験が全くない相手とスキー場が初デートなんていうカップル、僕たち以外にも存在するのだろうか。今まで、ゲレンデを滑る紗彩の姿など、一度も想像したことがなかった。紗彩は体育の授業で覚えたのだろうか。手紙を送った先の住所から推測すれば、それは充分ありえる。

九年……やはり、それぞれの環境で、これまで別々に過ごしてきた二人なのだという当

たり前のことを実感した。紗彩と再会しても、別れた頃の面影が残っているのか……。もしかしたら、僕の心の中の紗彩とは全然違っているかもしれない。

初めてのデートがスキーとは、本当に予想していなかった展開だが、運動神経がにぶいほうではないから何とかなるだろう。あれこれ考えてみても仕方がなかった。それに、女子の行動が想定できない……ということなら、すでにほろ苦い経験で立証済みなのだから。

スキー場へは、一度東北新幹線で大宮まで南下して、大宮から上越新幹線と在来線でV字に北上するようなルートになった。

スキー場に着いて驚いた。スキー自体が初めてなのでそれは当然だが、そのスケールというか大きさというか、一つの山全体がプレイランドになっていた。リフトやゴンドラでどんどん頂上や中腹に人がはき出され、そこから思い思いの線を描きながら麓《ふもと》に滑る姿は、それぞれが美しく、自分が滑るよりも眺めていたほうがいいのではないかと思うほどだった。

大自然に響き渡る音楽は、滑る人間とは無関係に流れているのだろうが、もし、突然曲が止まったら、滑る人間さえも止まってしまうのではないか——そんなおかしな錯覚に陥りそうになる。

　待ち合わせ場所のセンターハウスから、そんなことを考えながらゲレンデを見上げていると、スマートフォンが鳴った。着信音に慌てたわけではないが、寒さ対策で羽織《はお》ってきた上着の内ポケットから取り出すのに、少し手間取った。前に、新幹線の座席にスマートフォンを落としたまま席を立って降りようとした乗客に気づき、降りる直前に手渡してあげた経験があった。自分はそうなるまいと考えたことからだったが、スキー場に着いてから、取りやすいようにパンツのポケットに待機させておくべきだった。防寒手袋も思わぬ邪魔をした。内ポケットの布と擦れ合って、なかなかしっかりと捕獲できる場所まで手が伸びてくれない。着信音が切れる前に何とかしたいと、やっとの思いで取り出した瞬間、誰かに肩を叩かれた。平常時であればこんなに焦る必要もないのだろうが、驚いたはずみで手袋からスマートフォンがすり抜けそうになる。空中で格闘したあげく、何とか落とさずに済んだ。

　着信音が響くそれを落とさないようにしっかりと握りしめ、叩かれた肩越しに振り向いた。視線の先にいた女子が、顔の高さに上げていたスマートフォンの画面に目の前でタッチすると、僕の手の中で響いていた着信音が途切れた。わけがわからなかった。

「あの、亨君ですよね」

「は、はい」

「わたし、紗彩です」

息を呑んだ。

紗彩に起きた九年前の出来事を、僕は頭の中で勝手に引きずりすぎていたのかもしれない。むろん、表情だけで、心の内を窺い知ることはできないが、それくらい惹きつけられる笑顔だった。

そして、どうやら、わけがわからなかったのは僕のほうだけだった。紗彩は、目印に伝えておいた紺色の上着を着て待ち合わせ場所に立つ僕を、すぐに見つけたらしい。ゲレンデ初体験を醸し出した姿で、ある程度僕だと確信していたようだが、人違いだけは避けたいと、スマートフォンで最終確認をしたようだ。僕の一連の様子を哀れに思ったのか、見るに見かねて肩を叩いたのだろう。

九年ぶりの再会なのだから、もう少しスマートに振る舞いたかったが、そんなことはどうでもよくなっていた。とにかく、会えただけで嬉しかった。そう思わせる再会だった。

「久しぶりなのになんでスキー場？　って驚いたでしょ」

「まあね」

そこの否定はできなかった。

「でも、紗彩に会えるなら……って、場所はどこでもよかった」

「そう、ありがとう」

「スキーに誘っておいてなんだけど、わたし足首捻《ひね》っちゃってさ……」

「えーっ……大丈夫？　どうする？　予定変更する？」

確かに違和感がある歩き方だった。

「いや、せっかくだから楽しもうよ。今日は私がコーチ役ね。名コーチになれる自信あるの。亨君、今日一日で滑れるようにしてあげるから」

「紗彩が滑る姿、見てみたかったけどな」

「いつか見せてあげるね。さてと、まずはレンタルだね。こっち来て」

『レンタル』と大きな文字が目に入った一角に、板やウエアーやブーツ、その他の小物まで、サイズごとにわかりやすく並んでいた。身長や足のサイズ等を記入した申込書で手続きを済ませると、係の人の案内で、手際よく自分に合ったものがレンタルできた。

「よし、これで初滑りできるね。何か様になってるじゃん、亨君。初心者には見えないよ、ヒヒヒ」

レストハウスを出てゲレンデに向かう。スキー用のブーツを履《は》くと、思いのほか歩きにくかった。

「まだ、板履く前だけど、大丈夫？　重心が後ろ気味だから歩きにくいんだと思う。もう少し、すねをブーツに当てるようにして歩くと楽だよ」

できるなら、足を捻った紗彩をエスコートしたいところだが、緩やかな斜面でもままならなかった。一緒に倒れるわけにはいかないから、余計なことはしないほうがよさそうだ。

「よし、その調子、イチ、ニ、イチ、ニ」

なんだか保育士さんに操られている園児のようだが、紗彩の表情は、意外と真剣そのものなので、悪い気はしなかった。

人ごみを避けて板を履き、簡単な準備運動をする。ストックを立て、足を前後してアキレス腱を伸ばした。その後、言われるように、右足のスキー板のテールを雪に突き刺してから外側に倒し、左側の板もそれに揃えてみると、さっきとは身体の向きが変わった。板を着けていても、回れ右ができるんだと感心した。

次に、少し傾斜のある斜面を、板を横向きにして上った。エッジを利かせないと板が滑りだし、コントロールが利かなくなるのは、この地味な上り方の練習で学習した。

「じゃ、少しだけ滑ってみようね」

紗彩から、ボーゲンという初心者用の滑りを教わった。板のトップを合わせ、テールを少し開き、細長い三角形をつくると、安定感が増して初心者でも何とか滑ることができた。

スキーが滑れるようになることよりも、僕が一つひとつのステージをクリアするたびに笑顔の紗彩を見られることのほうが何より嬉しかった。何度か横向きで雪の斜面を上っては、ボーゲンで滑ることを繰り返した。

「よし、練習はこれくらいでいいでしょ。亨君、行ってみよう」

紗彩が大きなジェスチャーで腕を振り、少し先にあるゴンドラ乗り場を指差した。

「あれ、こっちじゃないの?」

僕は、手前にあるリフト乗り場を指差した。

「亨君、初めてだから、リフト降りる時百パーセント尻もちつくと思うけど、わかってて乗る勇気あるならリフトにする?」

「あ、いや、先生に従います」

「んー、先生は大袈裟だよ、コーチね」

「はい、コーチ」

「じゃ、板ははずして行こうか」

紗彩の後についてゴンドラ乗り場に向かった。実際に乗ってゴンドラが動きだし、しばらくしてから僕は気がついた。言葉に出さずに紗彩の表情を探る。

「亨君、何か言いたそうだね」

それは、まるで悪魔の微笑みに見えた。

ゴンドラの窓から、先ほど手前にあったリフトの降り場が眼下に見えても、ゴンドラはさらに上昇していた。僕が向かう先は少なくとも初級者コースではなさそうだ。二つ目に見えた、長いリフトの降り場近くで降りることになった。

ゴンドラの中から見えたゲレンデの斜面を見れば、素人の僕にでもわかる。一つめのリフトが稼動しているのが初級者コース。二つ目の長いリフトが稼動しているのが中級者コースだ。そして、このゴンドラから降りた先にあるリフトに乗れば、上級者コースがあるのだろう。

ここまで来たら覚悟を決めるしかなさそうだ。ゴンドラを降りて少し広くなった場所で板を装着した。少し後から紗彩がついてくる。

弱音は吐きたくなかった。なぜだろう。僕は、悪魔の微笑みにさえ応えたくなっているのだろうか。

「あれ、ここから滑るつもり？　亨君。なんだ、意外に勇気ないのね。本当は、次のリフトにも乗せてあげようと思ってたのに」

悪魔が追い討ちをかけてきた。今度こそ悪意を見て取れるのか？　声が聞こえたほうを振り返るが、満面の笑《え》みが眩しいだけだった。

「冗談だよ、冗談。何、まさか本気にした？　私、そこまで悪党じゃないからね」

まるで、中級者コースに連れてきたのは優しいとでも言いたげではないか。でも、僕は悟った。紗彩の笑顔に、自分はこんなにも弱いのだということを。

僕がいる少し先の広い場所から、ストックのストラップを手首にかけ、グリップを握り直した人たちが、フッと短めに息を吐いて滑りだしていく。今の僕がいる場所からは斜面が見えず、崖から滑り落ちていくようにさえ見えた。

「ここのコース、本当に滑れるのかな」

口から出たのは正直な気持ちだった。紗彩の言葉に嫌みを返したり、冗談を言ったりする余裕は残念ながらなかった。

「ゴンドラから見た角度と斜面の上から見る角度は全然違うように感じるけど、あまり気にしないほうがいいよ」

「えっ、どういうこと？」

「亨君初めてだから、きっと、この先から見える斜面は、断崖絶壁に見えるかもしれないけど大丈夫。ゴンドラから見えたのが、本当の傾斜だから」

視覚の問題を理屈で克服しろとでもいうのか。今更冷静になっても遅いのだが、やはり、九年ぶりの再会にスキー場を選んだ時点で、紗彩は僕の知っている紗彩ではなくなっていたのだ。悪魔が言いすぎなら、そうだ、小悪魔だ。紗彩は九年の月日を経て小悪魔になっていたのだ。

僕は恐る恐る先に進んでみた。僕の前に並んでいた長い髪の女性二人組が、キャーとか歓声をあげながら滑りだした。確かに、ここから見る斜面は紗彩の言う通りだった。

「亨君、大丈夫？」

振り返ると、今度は少し心配そうに覗き込む紗彩の表情がそこにある。

「ああ、大丈夫、大丈夫」

女性二人組が滑った後だからか、紗彩の心配そうな表情を見たからか、そんな言葉がついて出た。

「スキージャンプするわけじゃないんだから下を見ないで、横に滑るの、ね。もし、上手くターンができなかったら、最初に練習したように、板の向きを変えてもいいから、そこからまた、横に滑るイメージでね」

紗彩の心配そうな表情は変わらなかった。

「全然、大丈夫。僕、運動神経いいほうだから」

自分でも少し強がっているのはわかっている。

それにしても、紗彩を見て思った。あの眩しい笑顔の後に見せる、この心配そうな表情さえ作りものなら、本当に小悪魔かもしれないと。

「私がいると、自分のタイミングで滑りだせないだろうから、私はリフトで下がって、下で待ってるからね」

そう言うと、紗彩は本当にリフトの監視員のほうに向かった。監視員に何か説明していたようだが、僕のほうにVサインをして、下るほうのリフトにちょこんと座った。誰も乗らない下りのリフトに、ただひとり乗る紗彩がなんだか寂しそうに見えて、覚悟を決めた。

「よし、滑るぞ」

ストックをしっかり握り、斜め横に滑りだした。

「あー、あー、あー」

思いのほかスピードが出た。斜面の外れのほうに向かって見事に横向きに倒れ、そのまま滑り落ちた。板ではなく、身体の左側側面で。ウエアーが雪まみれで真っ白になった。

だが、一度転んだお陰で、逆に開き直れた。

——もう、どうにでもなれ——

立ち上がり、板の向きを変え逆方向に斜めに滑った。今度は何とかエッジを効かせて踏みとどまった。ターンはまだできない。その後は、ターンにトライしては転び、スピードを出しすぎては転んだ。

半ば意地になっているのか、転びながらでもゲレンデを滑る楽しさを感じはじめているのか、自分でもわからなかった。ただ、一人で行ってしまった紗彩に早く会いたくて、転ぶたびに立ち上がった。

上級者コースからの合流地点まで滑ってきたようだ。きれいなフォームで、シュッ、シュッ、と雪を弾いて通り過ぎていく姿が目に入る。

合流地点から、リフト乗り場までの中間くらいまで来た時、幅が広いコースに変わり、少し滑りやすく感じた。コースの端で一旦停止して、ゴーグルをずらし、紗彩の姿を探す。板を履いていないのですぐに見つけることができた。両手を大きく振っている。ここからは見えないが、眩しい笑顔が目に浮かんだ。さっき寂しそうに見えた姿は気のせいだったのかもしれない。

紗彩のいるところまで滑り、ボーゲンだが、何とかターンしながら踏みとどまった。

「がんばったね、亨君。ね、これ見て」

僕が着くなり、スマートフォンの映像を見せてきた。

「これは？」

「うん、撮ってた。リフトからと、ここに着いてから」

「うわぁ、参った」

散々な場面までしっかり撮られていた。

「あのね、ここ見て。転ぶ前、重心がお尻のほうに行ってるでしょ。だから、どんどんスピード出ちゃうの」

コントロールが利かないくらいスピードが出た時だ。怖くてお尻が引けていたんだ。

「それと、ここ。上手くターンできた時は姿勢もきれいで、外側の板、エッジが利いてるでしょ。こうなれば、内側の板は外側の板に自然に寄せる感じでいいの」

最初は、転んだ場面をことさら強調されるのかと思ったが、わかりやすくポイントを教えてくれた。

「あとね……」そう言って映像を早送りした。下から撮った映像のようだ。

「ストックのタイミング、合っていないのわかる？」

「ああ、ホントだ」

ストックのタイミングなんて全然頭になかったし、使っていなかった。ただ、転ぶのが怖くて、ターンした後に、外側につっかえ棒のようにして雪に突き刺していたようだ。

ゲレンデを見上げてみる。流線形を描きながら滑る、上級者のフォームを目に焼きつけた。

「じゃあ、亨君、もう一度行ってらっしゃい」

そう言って背中を軽く叩かれた。これではまた、幼稚園児と保育士さんのようだ。さすがに「先生は一緒に行かないの？」とは言えなかった。

「紗彩は？」

「私はレストハウスで待ってるからね。心細い？」

「いや、全然」

今度は滑れるような気がしたので、心細いのとは違うのだが、せっかく会えたのに別行動というのが残念な気がした。

「じゃ、行ってくるね」

「きっと、上手く滑れるから」

紗彩はそう言って笑顔で送り出してくれた。

僕はゴンドラのほうに歩きながら、自分の不思議な感覚を心に馴染《なじ》ませきれずにいた。この感覚は何なのだろう。

紗彩は、小悪魔みたいなところも見せるが、何をされても、何を言われても、僕は怒る気になれなかった。そして、きっと一見意地悪のように思える行動も、実は本質を突いている。これからゴンドラで上り、もう一度滑る段になってそれがわかった。

もし、初級者コースをボーゲンで大人しく滑っていれば、転ぶこともあまりなく、無難な時間を過ごせたとは思うが、味気なかったと思う。今は、紗彩から教えてもらった課題を克服すれば、次のステップに行けるようなワクワク感がある。もし、二人で滑れるなら、本当に楽しい時間になったと思う。

ゴンドラ乗り場に着いて、何気なくレストハウスのほうを眺めた。まだ建物に入らずにこちらを見ている紗彩が目に入った。反応に近い形で右手を振ると、紗彩が両手を振って返してくれた。

ゴンドラが動きだした。最初に乗った時はゲレンデと紗彩の表情しか視界になく、どんな乗客が一緒だったか覚えていないが、今回は、カップル一組、父親と男の子、そして女子の四人組と一緒になった。

女子四人のうち、前にいる二人は会話が絶えない。後ろの二人のうち、一人がその会話にたまに入り込んでいく。もう一人は窓に視線を向けているが、ゲレンデを眺めているのか、他のことを考えているのか、心ここにあらずといった感じだった。その証拠に、話しかけられても、慌てて頷いているように見えた。

窓に視線を向けるその横顔が気になって、彼女を見ていた。

急に、ゴンドラの流れが減速して一瞬停止した。彼女が不安げに天井を仰いだ後、こちらに振り返ったので視線が合った。僕は何気なく窓の外を眺めるフリをして、彼女から顔を逸らした。

グゥーンという音と共に、ゴンドラは何事もなかったように動き出した。何、何、と驚いていた三人も、動きが再開すると、元の会話に戻った。

ゴンドラを降りてゲレンデを滑りだす前に気がついていた。どうして彼女が気になったか……それは、夢に出てくる紗彩に雰囲気が似ていたからだ。僕の中の不思議な感覚の正体とはこれなのだろう。九年間夢で追い続けてきた紗彩と、現実の紗彩をまだ完全に重ね合わせることができずにいるのだ。再会した紗彩が、あんなに可愛いのに。

『これから先の時間だけを一緒に楽しむと約束してくれますか？』

きっと、紗彩も心の中の自分と向き合っているのだ。最初の約束を忘れてはいけない。

——紗彩、今から行くよ——


中級者コースを滑り下り、小休止した。雪の上を滑るだけに見えるスポーツだが、思っていたよりも体力を使う。

二回目の滑りは格段にレベルアップしたと実感した。名コーチというのは案外外れてはいない。紗彩に指導を受けながら何度か滑れば、今日一日でかなり上達するだろう。でも、滑るのはこれでお終《しま》いにする。今日の目的はスキー自体ではないからだ。

初級者コースに入る。レストハウスから紗彩が見ている可能性も考えて、できるだけ美しいフォームを心がけた。もちろん、板を完全に揃えるまではいかないので限界はあるが、レストハウスの手前で大きいカーブを描いてから、エッジを利かせて停止した。

置場に板を立て、レストハウスの中を覗いてみた。結構な人で混み合っている。僕からは後ろ姿になるが、窓際の席にいる紗彩を見つけた。ゲレンデのほうをずっと眺めているように見えるが、僕の姿は見つけられなかったのだろうか。

お手洗いを済ませてから、そのまま紗彩のいるテーブルに近づいて、後ろから声をかけた。

「名コーチの指導は的確だったよ」

回り込むようにしてイスを引き、紗彩と向かい合うように腰掛けた。紗彩は驚いたようだった。

「あれ、ゲレンデ、亨君見逃さないように注意して見ていたんだけどな」

「人が増えてきているからね。それに紛れ込むくらいには上達したのかも」

「よかった。少し面白くなってきたでしょ。もういいの？　休憩してからまた滑る？」

「それよりお昼にしない？　時間も時間だし」

「もう一時だもんね」

食事は、あんかけカタ焼きそばとカツカレーのランチ定食があり、混み合っているからなのか、すでにできたてが並んでいる。減った分だけ、厨房《ちゅうぼう》から補充されているようだ。

サラダは三種類ある中から選べるようになっていた。

トレイを持ち、順番に並んだ。僕は迷ったが、あんかけカタ焼きそばを受け取り、サラダはシーザーを選んだ。紗彩の分も一緒に会計するつもりでいたので、後ろを振り返り、一緒に、と声をかけた。紗彩はカツカレーと生ハムサラダを選んだようだった。

「割り勘でいいよ」

紗彩は小声でそう言ったが、僕は小さく頷き、同じくらいの声で、大丈夫だよ、と答えた。

テーブルにトレイを置いて、セルフサービスの水とお手拭《てふ》きを二人分用意して戻ると、いつの間にかさっき置いたはずのトレイが紗彩の前にあり、僕のほうにはカツカレーが置いてあった。

「周りは、カップルとか家族連れとか賑やかだったのに、私だけ一人ぼっちで亨君のこと待っていて寂しかったから、イジワルしたくなっちゃった」

笑ってそう言うと、紗彩はパリパリと音をたて、あんかけカタ焼きそばを食べはじめた。

「サラダはこのままでいいの？」

僕が訊くと、短く「あれ？」と呟いた。その反応を見て、黙ってサラダだけ交換した。同じサラダを選んだつもりだったのだろう。

「ありがとう」

カツカレーを口にして思った。本当はこっちで正解だったのかもしれない。美味しい。紗彩の表情を見ていると、本当にイジワルのつもりなのかよくわからなくなってくる。

「それでさ」

声を掛けると、口に入れようとしていた箸《はし》からカタ焼きそばがこぼれ落ちた。開きかけた口元を見て、本当に今、紗彩と再会しているんだなと実感した。

「何？」

「お昼食べ終わったらさ、二人でスノーモービルに乗ろう」

「えっ？」

さっき、お手洗いに行く途中、貼ってあったポスターを見たら二人乗りの体験コースがあるようなので、ずっと考えていた。

「あれ、高いよ」

紗彩もポスターは目に入っていたのだろう。

「ここで、僕が一人で滑っていても意味ないよ」

紗彩が俯く。

「ごめん、捻挫《ねんざ》のことを言ってるんじゃないからね。僕は二人で楽しみたいんだ。せっかく会えたんだから」

「でも……」

「大丈夫。僕、高級バイト勤務だからさ。それに、ここで使わなきゃ、今まで何のためにバイトをしてきたのかわからなくなる。あの時の約束を守るために始めたバイトなんだから」

紗彩が両手をぎゅっと握り締めたのがわかった。口が滑りすぎた。昔のことは……それが約束だったはずなのに。

慌てて言葉を繋いだ。

「とにかく、スノーモービル体験してみよう。二人で楽しもうよ。ね」

「うん、まさかスノーモービル乗れるなんて思ってもみなかったから、本当は凄く嬉しい」

カツカレーを食べ終わると、紗彩を待たせてインフォメーションカウンターに向かった。スノーモービルの予約は仮予約になるらしい。コースに移動したら、はじめに簡単な講習を受け、講習の後に発行される修了証が必要だと教えてくれた。

「お待たせ。二時半からの二人乗り、三十分コース仮予約取れましたぁ」

「本当にいいのかなぁ」

僕に何か仕掛けてくるような、小悪魔的な様子はなりを潜め、遠慮がちに喜ぶ笑顔を僕に見せた。本当は、今見せている表情が紗彩の素顔のような気がした。

「まだ、もう少し時間あるね」

「もしかして、手前の初級者コースなら行ってこられるんじゃない？」

僕に気を遣ってくれたのだろうが、その気は全くなかった
「もう大丈夫。あっ、今のうちにレンタル返してくるね」

僕はレンタルしたものを返してから、元のテーブルに戻った。

昔の話をせずに今の紗彩に寄り添うには、どんな会話をすればいいのだろうかと悩んだ。昔一緒に遊んだことも、奥村さんに会ったことも、高柴の今の様子も、話題はたくさん持ち合わせているのだが、触れていい内容なのかは僕のほうからは判断がつかなかった。

「僕はさ、バイトしているから部活できないんだけど、紗彩は何かしてるの？」

「私？　一応、写真部所属」

「写真部か、うちの高校にはなかったと思うけど、面白そうだね、どんな感じ？」

紗彩は、写真部に所属することになった経緯を、顧問の先生とのほのぼのとした出会いを織り交ぜて話してくれた。部員は親友と二人しかいないらしい。

「へえ、二人は導かれるみたいにして写真部に入ったんだね」

「面倒見のいい先生にめぐり会えたお陰で、いい意味で部活っていう構えがいらないから、

本当に好きな写真を撮らせてもらっているの」

最近のフォトコンテストで佳作に選ばれた写真が、孫を想って農作業に励むお爺さんとお婆さんを撮った一枚だったと聞かされて、奥村さんもずっと紗彩を心配し、そして会いたいと思っていることを伝えたい気持ちになった。お婆さんだってきっとそうだ。あんな不幸な出来事さえなければ、その写真と同じような生活を、紗彩自身も送れていたのかもしれない。

焦らずとも、いずれ奥村さんの気持ちを伝えられるタイミングが来るはずだ。それまでは……そう自分に言い聞かせて、出そうになった言葉を呑み込んだ。

「じゃ、写真つながりで……」

僕は、スマートフォンを取り出し、フォトのアイコンをタッチした。保存してあるのはほとんどがラグの写真なので、そのままスマートフォンを紗彩のほうに向けて見せた。

「えぇー亭君家《ち》、猫いるんだ。見せてもらっていい？」

「いいよ」

興味津々《しんしん》に画像をタッチする。

「名前は何ていうの？」

「ラグ。元々猫好きで、動画とかは見ていたけど、実際に飼うなんて思ってもいなかった。いつだったか、母がこの茶トラの猫を同僚からもらってきてね、それからのお付き合いなんだ」

「知ってる？　意外に知られていない茶トラの話。あのね、赤ちゃんだったキリストが眠れなかった時、ゴロゴロと喉を鳴らす温かい茶トラの猫に、慰められていたとかいなかったとか……」

「ううん、はじめて聞いた。でも、確かにしょっちゅうゴロゴロはしてる」

「亨君も、やっぱり慰められているんだぁ」

二人で向かい合って笑った。

しばらく画像をタッチして眺めていて、棚の上に仰向けになって首だけ垂れ下げてこちらを見るラグの画像が気に入ったようだった。

「このダラケ感はなかなかだね。家はペット無理だからだけど、こういうのを見ると欲しくなっちゃうね」

「じゃあ、これ、アプリから送るよ」

「ありがとう、そしたら、私も時々この茶トラに慰めてもらおっかな」

ラグの写真以上に、もし僕自身にできることがあるのなら何でも言ってほしいと思ったが、さすがに言葉にはできなかった。

「そろそろ行こうか」

「そうだね」

スノーモービル乗り場までは、スキー場から往来しているワゴン車に乗って移動した。

到着すると、ゲレンデとは違う静けさと、澄んだ空気が張り詰めていた。どこまでも広がる青い空と白い雪、その境界線が曖昧《あいまい》にならないように、スノーモービルのコースを、針葉樹林が囲んでいるように見えた。

「こっちは、本当に自然そのものって感じだね」

紗彩の弾むような声に、やっぱり誘ってよかったと思った。

「最初に、簡単な操作の説明があるらしいから」

運転操作をする体験者は、スノーモービルの構造や操作方法の講習を受けた後、実際に運転する実地研修を行い、修了証を発行してもらう。修了証がなければ体験はできないシステムになっていた。

説明を受けながら、スノーモービルが雪上のバイクといわれるのが納得できた。もちろんタイヤはないけれど、前輪の代わりに幅が広めの二本のスキー板が装着され、後輪の代わりにキャタピラが駆動《くどう》する仕組みのようだ。

ハンドルを握ってシートに跨《また》がるライディングスタイルはバイクそのもので、違うのは、右手のアクセルがスロットルグリップではなく、親指で操作するレバー。左手のレバーがブレーキだった。キーを回すとエンジンがかかった。想像していたよりも低音の音が響く。

「エンジンは一千ccあります。コース内なら、安心して走ることができます。安全のために、くれぐれもコースから外れないようにご注意ください」

一通り説明が終わるとマンツーマンでの実地研修だった。実際に走行して、曲がったり、八の字走行をしてみたりした。

「この後、彼女と二人乗りされるんですか？」

「あ、はい」

スタッフに声をかけられて、デートをしている実感が湧いた。

「羨ましいですね。でも、スピードを出しすぎると転倒しちゃうこともあるので、慎重な運転を心がけてくださいね」

どうやら走行上の注意を説明しただけのようだが、嬉しい気持ちに変わりはなかった。研修が終わると、同乗者もヘルメットを被るように指示された。スタッフが体験者を一人ずつ確認して回った。確認が終わると、準備ＯＫの合図を出した。先導車がエンジンを吹かして走りだした。

「しっかり、僕に掴まってね」

僕は後ろを見て頷いてみせた。紗彩も同じように頷き返した。

どこまでも雪で覆われたコースは、おそらく広い田んぼなのだと思う。緩やかな棚田状態になっているので、土手のほどよい段差が、スノーモービルにとってはおあつらえ向きのジャンプ台になるのだ。

「キャーッ」

最初のジャンプで、身体が宙に浮いた感覚になった、が、すぐに着地した。紗彩の身体が、僕の背中に密着した感覚が伝わってきた。

二度、三度とジャンプをするたびに、紗彩は歓声をあげた。そして、そのたびに僕にしがみついた。

しばらくすると、ジャンプに関係なく、コーナーを回る時も、風を受けながら真っすぐに走っている時も、紗彩が僕の背中にピッタリと身体を寄せているのに気がついた。いつの間にかヘルメットは僕の肩にのせていた。

僕の腰に回した両腕と、背中に寄せた身体からは、紗彩の体温までが伝わってきそうで、いつまでも走り続けたい気持ちだった。

そう思えば思うほど、きっと時間は早く過ぎてしまうのだ。夢心地のような体験コースはあっという間に終了してしまった。

「ホント楽しかったね」

紗彩が喜んでくれたので、僕はそれだけで満足だった。

スノーモービルを降りると、ゲレンデに戻るワゴン車に乗った。

「今度、捻挫がよくなったら、ゲレンデのほうも一緒に滑ろうか。九年ぶりの再会が初めてのスキーになるなんて予想もしてなかったけど、これってただの思いつきなの？」

「んー、まあ……そんなところかな」

何とも言えない表情で紗彩が答えた。何か理由はあるが、言うほどでもないということだろうか。それとも、やっぱりただの思いつきだったのか。結果、楽しかったのだからそこに拘るつもりはなかった。

いい流れを繋げたい。別れる前に、次に会う約束をしたかった。今日一日楽しい時間を過ごすことはできたけれど、精神的な何かまで距離を縮められたかといえば、まだそういう自信はなかった。

「年内に、もう一度会えるかな？」

反応に少し間があった。

「じ、じゃあ、予定確認して、また後から連絡するね」

紗彩の表情は、はにかむ笑顔とも少し違った。僕からの誘いに少し戸惑っているのだろうか。

——もしかして、やんわりしたお断り？

そんなはずはない。そう思いながらも、さっきの表情は誘われたことを無条件に喜んでいるようには見えなかった。

『スピードを出しすぎると転倒しちゃうこともあるので、慎重な運転を心がけてくださいね』

なぜだか、先ほどのスタッフの言葉が頭をかすめた。

「都合がつくならで大丈夫だよ、何なら、年が明けてからだっていいんだし」

空白の時間を早く取り戻したい。はやる気持ちを抑え、笑顔で紗彩に言葉を返した。

その後は、紗彩の心の、まだ見えない何かに触れてみたいような、近づいてはいけないような、そんな、どうすることもできない気持ちが胸の内を占めて、会話が途切れがちになった。

ゲレンデから駅まで同じバスに乗った後、僕は帰路についた。駅での別れ際、最後に見せてくれた紗彩の笑顔を何度も瞼に思い浮かべては、僕と紗彩なら、必ず正面から向き合える日が来るはずだと自分に言い聞かせた。

その日の夜は、移動の疲れからか、普段使わない筋肉が刺激を受けてしまったせいなのか、なかなか寝付けなかった。

無意識を意識しようとしても、結局は、紗彩が今どんな気持ちでいるのかを考えたり、奥村さんが猟銃を手にして明かしてくれた話を思い出したりした。それらが堂々めぐりのようになって頭の中を回転した。

どのくらいそんな時間を過ごしていたのかわからないが、いつしか浅い眠りに落ちた。


高柴の、奥村邸《てい》造作現場にいた。

別荘の建築は全然はかどっていないのか、この前見た時と同じ更地《さらち》のままだった。

坂の上の高い家から、奥村さんと紗彩、そしてお婆ちゃんだろうか、三人が楽しげに何かを話しながら下りてくる。

僕の前を通り過ぎようとしたので、奥村さんに話しかけた。

「奥村さん、別荘はどうなったんですか?」

上手く言葉にならずに、ただ口ごもってしまった。

僕が目に入らないのだろうか。

「紗彩、紗彩」

呼びかけようとしても同じだった。なぜか思うように言葉にならない。

似たような感覚を思い出し、自分の中で夢か現実かわからなくなった。

通り過ぎた紗彩を追いかけて肩を叩く。振り返った紗彩は、僕の顔を不思議そうに見つめた。

これは夢じゃない。だって、紗彩の顔がこうしてはっきり見えるのだから。

その顔が急に青ざめた。突然、今来た道を引き返し、両手をあげて内と外に激しく振った。

紗彩の見つめる先を見て、心臓が高鳴った。

――止めようとしているんだ――

トラクターがこちらに向かって下りてくる。運転しているのは、さっき通り過ぎたはずの奥村さんだった。

僕は必死で叫ぼうとした。でも言葉にならない。ただ呻き声になるだけだった。

「うぉー……だめだー」

ようやく言葉になった時、自分の声で目が覚めた。暗闇の中で夢だと認識してからも荒い呼吸が続き、収まるのに時間が必要だった。自分の頭の中で起きているものに、どうしてこんなに驚かされるのか不思議でならなかった。

心を落ち着けたくて、無理やり瞼の裏に紗彩の笑顔を思い浮かべた。

「また、会いたい」

暗闇に呟いた。

週が明けても、再会した紗彩が今はどんな気持ちでいるのかが気になって、勉強にも身が入らない状態だった。冬休みの課外補習期間中なのだが、補習になっているのかは怪しい限りだ。

それでも、何かを突き抜けたような西の素振りをこうして見ていると、清々しい気持ちになれた。

「なんだ、話したいことでもあるのか?」

突然言われてハッとした。考え事をしていると、こうも容易《たやす》く見抜かれてしまうものなのか。

「誰かのために……っていうのも、その努力を後押しする原動力になっているのかと思ってさ」

突き抜けた感じは一体どこから来ているのか、自分の悩み事を押し隠したまま、思っていたことを口にした。

「仙崎のことか」

相変わらず、息を切らすこともなく西が答えた。

「そうだな、あとは瀬和さんとか」

それには返しがなかった。少し突っついてみようと思ったのだが、逆に思わぬ言葉を返された。

「亨、何でやめたんだ。剣道」

「……」

「誰かのために……って、それを言葉にしたら、その時点で嘘くさくなるような気もするし、じゃあ、自分のためだけにやれるかっていうと、俺なんか、本当に苦しくなった時に、やれない理由が簡単に作れそうで怖いよ」

「父親が死んだ時、やめた」

不意に言葉が出た。

「そうか、残念だったな。続けていれば、かなりの選手になれたと俺は思う」

「消防士でさ、人を助けて自分は死んだ。まったくだよな」

こんなふうに父の話をしたのは初めてだった。

「亨の親ならありえそうだな。っていうより、そういう消防士の息子が亨っていうのが、なんだか妙に納得するな」

ドジな奴とも、ただのお人好しともとれる言葉だったが、西に言われると悪い気はしなかった。

「俺は楓高校に入学した時、まるで野球に身が入らなくなった。よくよく考えると、中学の時は、仙崎の球を受けるため、そして、仙崎と一緒に勝てるチームにするために、毎日必死だったんだなって気がついた。小学生で少年野球チームに入った時だって、そんなに深く考えてのことじゃなかったんだ。何かをやるきっかけなんてみんなそうだと思わないか。遊びでやっていたら面白くなったとか、誰かに誘われてやってみたとか……。それが仙崎に出会って、いつの間にかのめり込んで、ただ夢中でここまでやってきただけなんだ」

「言われてみれば、僕も確かそんな感じだったな。剣道始めたのは」

「亨には間違いなくセンスがあったと思う。それなのに、剣道を途中でやめるようなことが起きてしまった。俺は亨とは逆に、辞めるきっかけがなかっただけで野球を続けてしまったんだ。だから、この楓高校に来た時に躓《つまず》いた。世の中には、やりたくても続けられない奴が大勢いるのにな」

「僕だって、本当にやめる必要があったのかは正直わからないよ、自分の気持ち次第では続けられたのかもしれない。それに、センスの話なら、西だって、仙崎君や、楓高校の監督が認めるだけのものを持ち合わせているのを忘れるなよ」

「亨、お前は何か人と違うものを持っている。だから、剣道とか過去のこととかに縛られる必要は全くない」

それは、西の買いかぶりだと思った。

「気を遣わなくていいよ、僕は見ての通り全然な奴だ」

「根拠はないが、俺にはわかる。亨のような雰囲気の奴はあまりいない。だから、知らない土地で悩んだ時、真っ先にお前を見つけて、のこのことこの格技場についてきたんだ」

「もしかしたら、それは人を見る目がなかったからじゃないのか？」

照れを苦笑いに重ねた。

「おい、もう蒸し返すなよ。あの時は、俺が瀬和さんのことを好きだとわかっていて、亨が筋の通らないことをしたのかと誤解しただけだ。そう、あくまでも誤解だ」

「そうだな、あの時のことはお互い様だ。僕もあの時は柄にもなく熱くなった」

その後、西は続けた。今は、甲子園に立つ自分の姿だけを想像して頑張っていると。仙崎や瀬和さんをがっかりさせたくはない、が、それ以上に自分自身を裏切りたくない。そんな考えに変わったのは、僕の影響だとか、わけのわからないことを言った。

そして、自分が気づいていないだけで、お前は充分に熱いものを持っている、亨はその部分をあえて見せたがらないだけだとも。

そのまま鵜呑《うの》みにもできないが、それが、西から見える僕自身なのだろう。

格技場を後にして教室に戻ると、授業が始まるまで、西はいつものように野球部の連中と明るく時間を過ごしていた。

誰も皆、自分のことさえ、本当のところはわからずにいるような気がした。誰かと真剣に向き合うことで、ほんの少しでも自分はどういう人間なのか理解したいのだと思う。


紗彩からは、課外補修期間が終わった翌日の二十四日に連絡がきた。思っていたより早い反応だったので嬉しかった。二十八日の日曜日になら会えるという内容だった。

すぐにバイトの確認をした。年末で忙しいのだが、二十九日から三十一日まで休まないことを条件にOKをもらった。二十八日にお休みをもらえるなら、お正月もお手伝いをしますと勢い込んだら、逆に私たちも休ませてほしいと佐恵子さんに笑われてしまった。

佐恵子さんの快諾にホッとしながら、紗彩に二十八日に会いたいと返信をした。


今度の指定は、水族館だった。

前回と同様に、東北新幹線と上越新幹線を乗り継ぎ、水族館の最寄り駅で降りた。駅からはシャトルバスが運行していたのでそれに乗った。

館内のフロントスペースに入ると、紗彩が笑顔で迎えてくれた。

「おはよう、亨君」

「おはよう」

この前、僕が誘った時に見せた戸惑いの表情はどこにもなかった。二度目ということもあって安心しているのか、実際に会った紗彩の表情はとても穏やかだった。

「じゃ、チケット買って入ろうか」

「そうだね」

「あれ、足の捻挫、まだよくならないの？」

歩きだした紗彩に思わず声をかけた。

「うん、きっとこれは重症だね」

笑顔がその言葉を否定しているようだが、少し心配になった。

「歩くのつらい時は、肩ぐらい貸すから言って」

「本当に重症で歩けなくなったら……抱っことかしてくれる？」

「捻挫でそこまでならないから大丈夫だよ」

「ああ、やだやだ。どうしてそこで軽く肯定してくれないかな」

「はいはい、もし、そうなったらね」

満足げな表情をした紗彩を確かめてから歩きだした。僕自身もこの前のような緊張感はなく、軽い冗談が言えた。

二人分の入場券を購入して、順路の矢印に沿って館内を進む。最初に目の前に広がったのは、まるで南国の海だった。

「へぇ、凄いね」

「もしかして、日本海寄りだから、食卓に並ぶような魚しかいないと思ってたでしょ」

「いや、いや」

そんなことは少しだけ思っていた。

白い砂に色とりどりのサンゴ礁《しょう》、まるで実際の海を切り取ったかのような海中には、黄色や派手な模様をした魚が泳いでいた。

冬の水族館も悪くない。

「でも、実際の南の島は、もっと、もっと、きれいなんだろうな……行ってみたいな。できるなら彼氏と」

やっぱり、今日の紗彩は素直すぎる。そして可愛い。

「ふぅーん、彼氏とね。僕とではないんだ」

紗彩が素直すぎると、つい僕のほうが何か言ってみたくなった。

笑顔を予想して紗彩の横顔を覗く。僕の言葉が耳に入っていないのか、水槽に近づけた真剣な表情は、ひとり、南国の世界に浸《ひた》っているようだった。

しばらく見ていた水槽から少し離れると、今度は両手の指で枠を作った。見ていた南国の海を、その枠に収めているようだった。

「写真撮ろうか？」

僕がスマートフォンを取り出すと、紗彩の真剣な眼差しに笑顔が戻った。

「いいの、いいの、今日はしっかり自分のファインダーから心に収めておくから」

両手の意味はファインダーだったのか。

「そうだね、写真部を差し置いて僕が撮るなんてね」

「もし、次に来た時は亨君に撮ってもらおうかな」

「いつだって来られるよ。その気になれば、その……いつかは南の島だって」

勇気を振り絞って言ってみた。

「ん？　まさか私を連れていくつもり？」

「紗彩が僕を、彼氏と認めてくれるならね」

「紗彩の彼氏になれるかどうかは私にかかってるんだから、くれぐれも優しくしてよ」

「はい」

透明アクリルのトンネルをくぐる。天井を泳ぐ魚の群れも、トンネルを抜けた先にあった大きな水槽の魚も、紗彩はしばらく真剣に眺めては、両手で枠をつくった。

ファインダーに収めた後は、決まって僕のほうに笑顔を向けてくれる。照れ隠しのようなその笑顔を見るたびに、なぜだか切なくなった。

その後もペンギンやビーバー、カワウソ、アザラシ、ラッコ。被写体が、紗彩に小首を傾げるようにする仕草は、まるで名カメラマンに応えているかのようだった。

「少し早いけど、ほぼ予定通りかな。今日はどっちだろうね」

僕が何のことかわからないでいると、紗彩が説明してくれた。

「イルカのショー、冬場は基本屋内プールなんだけど、天気がいい時は、外のドルフィンスタジアムでやる時もあるみたい」

紗彩は、今日一日のスケジュールをしっかり頭の中に入れてきているようだった。

「やったね、今日はドルフィンスタジアムみたい」

館内放送が流れるのを聞き、紗彩はすぐに両手を合わせて喜んだ。

「寒いかもしれないけど、スタジアムで待ってようか?」

開演まであと十分くらいあるが、二人で座れる場所をキープしたかったのでそう提案した。

「うん」

僕も、あのペンギンたちとあまり変わらないのかもしれない。ただ、彼女の笑顔に応えたくなるのだ。

中段の席がまだ空いていたので、そこに掛けることにした。前列はやはり家族連れが多い。もちろん、僕たちのようなカップルも何組かいた。

「今日は最高のプレゼント、ありがとう」

紗彩が空を仰いで呟いた。

今の時期にしては珍しく、雲間から時々晴れ間が見え隠れしていた。それに対する感謝の呟きなのだろう。

そして、その晴れ間から注ぐ冬の光で、気づいたことがある。今日、紗彩は薄化粧《うすげしょう》をしていた。スキー場で会った時よりも顔が細くなったように見えたのは、そのせいだろうか。

「何、何かついてる」

「いや、可愛いなと思って」

初めて言葉にした。

「えーっ、本心?」

「本心だけど、僕はすっぴんの紗彩が好き。化粧なんかいらないよ、紗彩には」

紗彩は少し俯いてから、うんと呟いた。

「間もなくショーが始まりますので、いましばらくお待ちください。本日もたくさんのご来場、まことに有難うございます」

後ろを振り返ったら、いつのまにか大勢の人で席が埋まっていた。

横にいる紗彩に視線を戻すと、寒さのせいか、細い指がかじかんで真っ赤になっていた。

その指先を見て、思わず自分でも予想しない行動に出てしまった。紗彩の手に自分の手を重ねようとしたのだ。

「あー、見て見て、出てきたよ」

勢いよく、紗彩の手がイルカのほうに伸びて、かわされる形になった。

「あれ、今、何か不穏な動きしなかった？」

お見通しだったのか……そのうえでかわされた？

「タイミング悪かったね。亨君」

ヒヒ、という笑い声が聞こえた気がしたが、その後は、二人ともすぐにショーに引き込まれた。目の前で飛び跳ねるダイナミックな泳ぎと、飼育員とぴったり息が合った掛け合い、イルカの賢さにただ感心するばかりだった。

気温は決して高くはないはずだが、歓声で体感温度はかなり上昇したような気がする。

十五分のショーはあっという間だった。

「あれ、楽しすぎて忘れちゃった」

紗彩は両手で枠を作り、ショーを終えたばかりのイルカがプールで流し泳ぎをしているほうにそれを向けた。かと思ったら、いきなり僕の目の前にそのファインダーがくる。

「もしかして僕は、魚とか動物と一緒にされてる？」

「いや、お魚とか動物さんたちは、私に手を伸ばしてきたりしないから違いまぁーす。カシャッ」

紗彩は笑って、形を作っていた両手をポケットに入れた。やはり身体は冷えてきている。

「中に戻ろう」

そう言って館内に戻った。

お土産品売り場で、イルカのぬいぐるみをクニュクニュする紗彩の姿を、お手洗いに行く途中でスマートフォンに一枚収めた。はじめての写真だった。どうして隠し撮りのようなことをしたのか、自分でも納得いかなかったが、これから会う回数が重なれば、こんなことは笑い話になるくらい写真は増えるだろう。

それにしても、抱っこしてほしいと言った本人に、手を重ねようとしただけでかわされるとは、やはり女子の心は僕には読めない。

「お昼どうしようか？　館内にもレストランはあるみたいだけど」

お手洗いから戻った僕は、紗彩に近づいてから声をかけた。

「市内に戻ってから食事でもいいかな」

ああ、そうだった。今日のスケジュールは、多分紗彩の頭に全て入っている。

「お昼の後は？」

どうせなら僕も今日の予定を共有したかったので訊いてみた。

「アニメ映画見たいんだけど、一緒にどうかな。二時半から上映なの」

「今話題の、アレ？」

「そう、アレ」

「ＯＫ、じゃあシャトルバスで駅に戻ろう」

「うん」

水族館発のシャトルバスで最寄り駅まで戻った後、在来線で市内の駅に向かった。

到着すると、そのまま駅構内のイタリアンレストランで昼食をとることにした。

「今日は交換しなくていいんだね」

パスタが運ばれてきたタイミングで、一応食べる前に確認してみた。

「ゴメン、まだ怒ってるの？」

「全然、あの時のカツカレー美味しかったから」

「でしょ。男だし、スキーで体動かしたのに、軽めの食事選ぶんだもん」

「あれ、そういうお気遣いだったのなら、そもそもイジワルな行動になってないね」

「あの時は、私なりに精一杯頑張ってたんだから、もうそれぐらいにして」

何に対して頑張っていたのかは今ひとつわからないが、今日は本当に素直なのでこれ以上つつくのはやめにしよう。

二度目だと、この前の食事のこと、スキーのこと、スノーモービルのこと、自然に会話が弾んだ。楽しそうに話す紗彩を見ていると、何かで思い悩んでいるようには少しも見えなかった。

――これから先の時間を楽しみたい――

明るく見える表情の裏に、どんな思いがあるのかは推し測れない。

あえて、今を大切に過ごしたいと頑張っている明るさなのかもしれない。

奥村さんの気持ちを預かっている身としては、少しでも早くその気持ちを紗彩に伝えたいとは思う。が、まだ話を切り出す自信はなかった。

——申し訳ありません。もう少し待っていてください——

奥村さんに胸の内でお詫びをしながら、紗彩との楽しい時間を過ごした。

「そういえば、スノーモービルに乗ろうって誘ってくれた時、高級バイトとか亨君言っていたけど、何やってるの？」

「伯父さんが酒屋さんをやっていてね。そこのバイトなんだ」

「特別に高いの？」

「そんなわけないよ。でも、そうでも言わなかったら、簡単に乗ってくれそうになかったから」

「捻挫のせいで、私のこと気遣ってくれたんだよね。凄く嬉しかった。スノーモービルに乗れるなんて、きっと最初で最後かも。見た目には大した段差には思えなかったんだけど、ジャンプした時の、あのフワッとした感覚が最高だった。それに……あの一体感はずっと忘れられない気がする」

「その一体感は、僕とってこと?」

「ううん、勘違いしないで、スノーモービルとの一体感ってことだから」

紗彩が笑った。その笑顔はきっと、スノーモービルのほうを否定している。僕は勝手にそう思いたかった。

「まあ、いいか。でも最後は大げさだよ、また一生懸命バイトして乗せてあげるから。僕は、紗彩とこういう時間をつくるために、バイト頑張ってきたんだから」

「ありがとう」

今日は僕にとって信じられないくらい楽しい時間を過ごしていた。

映画館の前に来ると、ポスターが目に入った。

「亨君と二人でこの映画を見られるなんて」

そう言って、紗彩はポスターに駆け寄ると、両手を合わせてコクリと頭を下げた。後ろのほうでクスクス笑いが聞こえても気にするでもなく、しばらくして頭を上げると、まるで神社にでもお参りしたかのように晴れやかな顔を僕に見せた。

「何かお願いしたの？」

「もし、お願いしたとしたら何のお願いだと思う？」

僕が首を傾げると、

「映画を見た後、想像してみて」

紗彩はそう言って笑った。もしかして映画の内容に関係するのだろうか。

「見たことあるの？」

「ない、ない。早く入ろう」

入り口のほうに軽く背中を押された。うん、と返事をしながら、僕はもう一度ポスターを覗き込んだ。

向かい合うように見えて交錯していない二人。同じ空の下にいるようでそうじゃない二人。不思議な距離感だった。

チケットを購入した。購入時に座席を指定するシステムではなさそうで、入り口付近からできている列に並んだ。前にも人はいたが、まだ充分に席は選べそうな位置だった。

並んでいる間、紗彩の足の痛みを心配した。僕だけ並んで、紗彩はどこかで休める場所はないか見渡したが、残念ながら、フロアにベンチとかイスのような類のものはなかった。ようやく開場になり、順番に中に入る。

「ここがいいよ」

紗彩が指さしたのは入り口から入ってすぐの後ろから三列目、しかも端っこだった。

「中段くらいでもいいいんじゃない？」

「前のほうだと映像に圧倒されそうだから、ここで大丈夫」

紗彩がそう言うので、僕が一つ内側に座った。

予告版で少し笑いが起きた後、本編が始まった。

映像が色鮮やかで驚いた。小さい頃に何度も繰り返し見たアニメ映画もよかったが、さすがに、時代に合うように進化してきていると感じた。非現実なストーリーのはずが、現実に起きているような感覚にすりかえられる絶妙な世界にいつの間にか引き込まれていた。

主人公の二人と気持ちが重なり、切なくなる。どうにかしてあげたい。そういう気持ちが時間の経過を忘れさせていた。すぐ近くにいるのにすれ違ってしまう二人は、最後にめぐり逢うことができるのか。

ラストに繋がる大事な場面に見入っていた——その時だった。

僕の右手に、紗彩が静かに左手を重ねてきた。一瞬で現実の世界に引き戻された。

「お願い、前を見たまま私の話を聞いて」

ささやくような声に全神経を集中させた。暗闇と映像の中で、僕の心臓だけが動いている感覚になる。

「亨君、ゴメン。私は紗彩じゃないの」

何を言ってるんだ。咄嗟に隣を見た。映像の明るさに紗彩の横顔が映る。

「お願いだから、前を向いて」

その言葉には、抗《あらが》えないほどの何かが込められていた。

「亨君が、紗彩じゃない私でも、もう一度会いたい……心からそう思ってくれるのなら、エンドロールが終わってからここを出てきて。私もその覚悟で待ってるから。

でももし、私が紗彩じゃない理由を一刻も早く知りたいのなら、一緒にここを出ましょう。今すぐ全てを打ち明ける。だけど、その時は今日限り、私は二度と亨君に会うことはできないの」

僕の右手に力を込めてから、紗彩は出ていった。正確には、紗彩じゃないと言った彼女が。

——そんな……。

ようやく紗彩を見つけた、再会できた、九年ぶりのぎこちなさを乗り越えて、少しずつ心を解きほぐせると思っていた矢先なのに。

——紗彩じゃない？

無理なイジワルも、少し強気な態度も、彼女の本当の姿じゃなかったことは、今日一日一緒に過ごして確信した。それなのに、またふざけたイジワルを考えたのだろうか。それなら全然僕は怒らない。笑って紗彩を許すよ。そう思いたかった。

でも、さっき見た彼女の横顔が、僕の儚い願いをすぐに打ち消した。

紗彩じゃないのなら、悩む理由などどこにもないではないか。今すぐにここを出ればいい、僕は紗彩に会うために行動を起こしたのだから。

でも……。

うか。

『歩けなくなったら抱っこして』

『亨君と二人でこの映画を見られるなんて』

嬉しそうに話していた姿は、全て僕をからかっていただけで、本心じゃなかったのだろうか。

ズルイ……あんな笑顔を見せるなんて。

にわかに腹が立ってきた。すぐに追いかけるつもりでひじ掛けに力を込めた。

『だけど、その時は今日限り、私は二度と亨君に会うことはできないの』

紗彩じゃないなら、彼女は、彼女はいったい誰なんだ。

初めて僕に会った時に見せたあの眩しい笑顔が、スノーモービルに乗ろうと誘った時の嬉しそうな表情が、水槽を見つめていた真剣な眼差しが……意識とは裏腹に勝手に思い出されて、僕は立ち上がることができなかった。

エンドロールが終わるまで過ぎた時間はどれくらいだったのだろう。あまりにも長く感じられて時間の感覚はつかめていないが、すぐに扉を開けて場外に出た。

フロア内を見渡しても彼女の姿は見当たらない。

『私もその覚悟で待ってるから』……彼女は確かにそう言ったはずだった。展開が読めず、ただ振り回されているような状況が不安を増幅させていた。

スマートフォンを取り出し、発信をタッチした。何回かの呼び出し音の後で、留守番電話サービスの音声が流れる。マナーモードのままなのだろうか。

スマートフォンのアプリにもメッセージを入れたが、「既読」の印はつかなかった。

上映前にチケットを販売していた女性スタッフを見かけて駆け寄った。

「あの、一緒にいた女性を探しているのですが、どこにいるのか見当たらなくて、見かけていないですか」

「お手洗いではございませんか？」

「いえ、それはないと思うんです」

「どのような方ですか、その、特徴というか」

「服装は、白いニットにブラウン系のスカート、コートはグレーです。手に抱えていたはずです」

「私はお見かけしておりませんが、少々お待ちください」

しばらくすると、女性スタッフから事情を聞いたのか、別の男性スタッフが近づいてきた。

「場内から出てこられたのは、もしかして、まだ上映中でしたか」

「はい、そうです」

男性スタッフの表情が、ああという表情に変わった。

「その方でしたら、帰られたと思いますよ」

「えっ？」

「コートを羽織って出ていかれましたから」

「どうも、すみませんでした」

僕は、男性スタッフに礼を言い、急いで駅に向かって走りだした。

館内で待っているのを前提に探していた。数分前の約束なのに、どうして……。

悔しさが込み上げる。それとも、今僕がこうして慌てふためいているのも、彼女は承知のうえで行動しているのだろうか。

駅構内を探した。彼女が一人で行く先が別にあるのなら、駅を探している時点で無駄だけれど、残念ながら僕には駅しか見当がつかなかった。カフェや駅構内のショップ、まさかとは思いながらも、お土産品売り場まで探したが、彼女の姿はどこにもなかった。あきらめきれず、新幹線の乗り継ぎができる最後の便までうろうろしていたが、ただ時が過ぎただけだった。

今日一日はなんだったのだろう。頭の片隅で自分に問いかけるも、思考はそれに従わなかった。ただ、無気力と落胆が、意識の全てを支配していた。

新幹線乗り場の改札口から見える電光掲示板の発車時刻に目を向けた。

時間切れだった。

改札を抜ける。構内の誰かに手を振る若い女性が横目に入ったが、僕は、後ろを振り返る気にもなれず、ホームに向かう階段を上った。

もう、この駅に来ることはないかもしれない……そう思いながら。

雪の量こそ少ないが、肌に当たる風の冷たさは、地元に戻っても変わることはなかった。

彼女に、本当の事情や、紗彩は今どうしているのかを確かめたくて、数日の間は幾度となく連絡を入れてみたが、結局、留守番電話サービスの応答しか聞くことができなかった。通信アプリにも「既読」はつかなかった。メールは送信すらできず、アドレスが変更されたのかもしれない。

彼女と会ったのはたった二回だった。無理やり全てを忘れて、彼女に会う前の日常に戻れるならどんなに楽だろう。だが、気がつけば、彼女との会話や、瞼に焼きついた彼女の表情を思い出してしまう。

こんなふうに、彼女のことばかり頭の中を占めている自分が、周囲に気づかれることはないだろうかと、有り得ない心配をしながら日々を過ごした。

冬休みが明けて二週間が過ぎた頃、僕宛に到着日指定の宅配便が届いた。

送り主は……水澤《みずさわ》菜々美。

記憶にある名前ではなかった。まさか、紗彩じゃないと言った彼女なのだろうか。

にわかに心臓が高鳴った。

急いで小さなダンボールを開けると、小瓶《こびん》が入っていた。その小瓶を明るいほうに向けて中身を確認した。真っ白い星砂のようだった。

意味が理解できずに、同封されていた手紙を手にした。


『亨君へ』


その先の手紙の内容に愕然《がくぜん》とした。僕は何も知らなかった。知らなすぎた。

それはある意味仕方のなかったことだ。そんなことはわかっている。それでも自分を責めずにはいられなかった。

彼女は、自身に起きている全てを受け入れたうえで、最後まで僕に笑顔で接してくれていた。あまりにも健気すぎる。

どんな思いで、一つひとつの場面をファインダーから覗き、そして彼女の心の中に収めようとしていたのか……。

読んでいた手紙を握り締め、込み上げてくる熱いものを、喉の奥に流し込むしかなかった。

奥村紗彩　冬

菜々美から、スキー場で待ち合わせ場所に立つ彼の画像が送られてきた後、私は携帯電話ショップに出かけることにした。もう私の役目は果たしたと思ったからだ。

「変更したいアドレスの候補はありますか」

「はい」

私は、考えてきたアドレスを書き込んだメモを女性店員に渡した。

「確認しますので、少々お待ちください」

女性はそう言って席を立った。

社会にはまだ出ていないので、世の中を知らない私がなぜそう感じてしまうのかはよくわからないが、仕事ができる女性に見える理由はどこにあるのだろう。スッと伸びた背筋か、テキパキとした無駄のない動きか、それとも柔らかで上品な表情か。

数年経てば私も社会に放り出されるのに、何も準備ができていない自分がとても幼く思えた。

——菜々美なら、きっとこんなふうになれるんだろうな。

「お待たせいたしました。こちらのアドレスで登録可能ですので、お手続きを進めさせていただきます。アドレス変更のご通知はいかがいたしましょうか？」

「登録されているアドレスに送信していただけますか。あっ、すみません。もう一度だけ確認します」

さ、し……『白石亭』の名前はもうそこにはなかった。間違いなく削除してある。

「大丈夫です。お願いします」

「承知いたしました」

手続きを終えてショップを出た。

「これでいいんだ」

低い空から白いものがちらついていた。上着のボタンをかけ、マフラーを巻きつけた。

冷えた部屋に戻り、ファンヒーターのスイッチを入れた。

帰り道、ずっと考えてきたことを文字にする。意外に難しい。菜々美にどう伝えれば、私の存在を意識せずに、自然に二人で楽しい時間を過ごせるのだろうか。

どんなきっかけであれ、あの二人ならお似合いのカップルになれる。そう信じて疑わなかった。

画像見たよ
もう彼の小さい頃の面影もないし
どこかで会っても多分わからないと思う
なんだか関心なくなったから
悪いけど彼のことは菜々美に任せるね
せっかくだから楽しく過ごして
報告は……
そうだな、半年後でも一年後でもいいよ

入力した文字を送ると、すぐに返信がきた。

そんなに掛かるわけないじゃん
でも本当に性格よさそうだよ
紗彩の思い違いじゃないの？
まぁ、私なりにイジワルして
紗彩に相応しくない本性が垣間見えた時は、これっきりにするから
もうすぐ二回目の滑りから戻る頃だから
後で報告します

画像を見た時、今にも手が届きそうな彼の姿に胸が締めつけられた。思わず微笑んでしまうほど、あの頃の面影が残っていたからだ。
だからこそ、すぐにアドレスを変更しなければならないと思った。今度、彼から直接連

絡が来てしまったら、手紙の時のように気持ちを抑えきれるかどうか、決心が揺らいでしまいそうで怖かった。

ファンヒーターの小さな炎を見つめながら、もう二度と彼を思い出してはいけないのだと、心に誓った。


スキー場からの連絡以降、冬休みの期間中、菜々美からの連絡は特になかった。だから私は、彼と菜々美が少しずつ距離を縮めて、順調に進展しているに違いないと確信していた。

——私が菜々美にしてあげられること。それは『優しい彼に甘える恋をしてみたい』という菜々美の願いを叶えてあげることだった。もちろん、私ひとりにできることではなかったのだが、彼からの水色の手紙が届いてから、日を追うごとに、それは現実味を帯びて、お似合いの二人を私にイメージさせた。

今の私は、菜々美がいなかったらどうなっていたか想像もできない。あのまま、いじめと孤独の中で生活していたかと思うと恐ろしくなる。当時おかれていた環境を考えれば、母にはきっと学校のことは言い出せなかっただろうし、一人でそれに耐えることができたかは自信がない。衝動的に、父の元へ旅立っていた可能性だってある。

菜々美から連絡があったのは、三学期が始まる日の朝だった。

なんだか体調が悪いから
今日は学校休みます
インフルエンザかな
病院に行って診察してもらったら
連絡するね

久しぶりに会えると思ったのに……
残念だな、でも
無理しないでね

お大事に！

学校では菜々美といつも一緒に過ごしていたので、授業以外の時間帯、どういう振る舞いをしていいのかわからなかった。学活が終わると同時に教室を出た。

家に戻る頃、連絡が入った。

インフルエンザだった
家で安静にしているから心配しないで
一週間くらい学校はダメみたい
私は大丈夫だけど
紗彩はひとりで大丈夫？

私は菜々美が安心するように、すぐに返事をした。

高校生だよ
大丈夫
ゆっくり休んで早く治してね

本当は菜々美のいない一日はとても長く感じた。だから、それから一週間が過ぎた後、催促するような連絡をしてしまった。何通か、通信アプリのやり取りが行き来した。

明日から学校大丈夫だよね？

体調よくならないから調べてもらったら
今度はインフルエンザBだって
まぁ、Aの後はBって話だよ（笑）
あと一週間延びちゃった
ごめん

私、お見舞いに行ってもいい？

自宅に？
わざわざいいよ
それに、紗彩にうつったら
交代で学校休むことになるよ
そしたら、意味ないじゃん

それもそうだね
来週こそは
会えるのを楽しみにしているから
早く治してね

私はさらに一週間、菜々美のいない学校生活を送った。

私はその日、学活が終わると、校門を出て普段帰るはずの道を、反対方向に折れて駅に向かった。文字で連絡するよりも、菜々美に直接会って、どうしても顔が見たかった。文字だけだと、また何か別の理由で、会うのが延びてしまうような気がして怖かった。

菜々美の家まではバスで約一時間半。お婆ちゃん家《ち》に行くように行けばいい。菜々美に会えるなら、インフルエンザがうつってもいいとさえ思っていた。どうせなら、もっと早くお見舞いに行けばよかったのだ。

駅で、発車待ちのバスの座席に座って窓の外を見た。何台ものタクシーが背景になり、菜々美の顔が浮かんだ。急に行ったら驚くかな。でも、すぐに笑顔で喜んでくれるはずだ。

ブブ、ブブ……

自分の携帯なのに、ほとんど鳴ったことがないマナーモードの振動に、少し焦った。

——誰からだろう?

アドレス帳にない番号だった。着信拒否しようか少し迷った。しばらくして切れた。

——間違い電話かな?

ブブ、ブブ……

同じ番号からだ。少し様子を見たが、今度は鳴りやまない。まだ発車時間まで少しあるせいか、乗客はまばらだった。辺りを見てから口元を掌で押さえてこっそり電話を取った。

「はい、奥村です」

「ああ、やっと繋がった。気をもんではいたんです。本当にごめんなさい。連絡が遅れて。菜々美が、菜々美が……。親友の紗彩さんに連絡が遅くなってしまって」

「菜々美のお母さんですか」

「そう、ごめんなさい、ごめんなさい……」

——どうしてそんなに謝るの？

一瞬、心臓が凍りつき、激しく動きだした。

「ちょっと待ってください」

座席の横に置いたリュックを左手に抱え、扉に向かった。勢いよく乗りかけてきた乗客とぶつかりそうになった。

その後は、気が動転している菜々美のお母さんから、入院先の病院名、病棟と病室の番号を聞き出すのがやっとだった。

さっきはぼんやりと眺めていた、一台ずつ順番に流れていくタクシー乗り場の先頭に駆け寄った。後部座席に滑り込む。

「あの、東南総合病院まで」

「はい、わかりました」

間延びしたように聞こえたのは、私の時間と、バックミラーに一瞬映った運転手の時間軸が違うからだろうか。

――インフルエンザじゃなかったんだ。病院だったんだ。いつから？　二週間前？　いや、もしかしたら、もっと前から？　どうして、どうして菜々美。

ようやく動きだしたのに、すぐに信号に捕まる。いちいち苛立《いらだ》ちを覚えるのは、思うように進まないタクシーになのか、それとも、のん気に恋人気分の二人を想像して疑わなかった、私自身に向けられたものなのか。

タクシーのドアが閉まる音を背に、正面玄関に駆け込む。総合案内や受診待ちのイスが整然と並ぶフロアを抜けた先に、エレベーターが見えた。二つのエレベーターが、通路の左右に向かい合っている。

【北病棟専用エレベーター】と表示された扉の前に立ち、上の三角ボタンを押した。気持ちはすでに病室にいる菜々美を探しているのに、扉が開くまでの時間がとても長く感じられて、身体がそれについていかなかった。

五階のボタンを押した。エレベーターの扉が閉まると、今度は心臓にだけ身体中の血液が流れ込んだようになり、手足の力が抜けそうになった。

『ナースステーションの向かい側の病室です』……震えていた声が甦る。

エレベーターを降りると、廊下の中央にナースステーションが目に入った。その向かい側……。

何も言っていなかったはずだ。菜々美のお母さんは、ただ、ごめんなさいと謝っていただけだ。なのに、勝手に涙が溢れてくる。

その病室だけ扉が閉められているせいで、何が違うというのか。看護師さんたちがせわしなく往来しているのに、その病室だけ素通りするだけで何が違うというのか。

——きっと、病状が落ち着いて熟睡してるんだ。きっとそうだ。みんな菜々美が大好きだから気を遣ってるんだ。

——私はいい？　入っていいの？　菜々美を起こさない？　起こしてもいいよね、だって私なんだから。

「菜々美」

扉を開けた。

やっぱり熟睡しているだけじゃん。私は傍《かたわ》らに立つ女性の顔を見ず、ベッドに近寄った。

「菜々美、起きて。私だよ、紗彩だよ。みんなして、もうヤダ。少しくらい起きたって平気でしょ……ねぇ、菜々美ってば」

「菜々美、紗彩ちゃん来てくれたよ。よかっ……」

お母さんのむせぶ声を聞いて、私はもう溢れる全てのものを止めることができなかった。

どれだけの時間、菜々美の枕元で泣いていただろうか、ずっと背中をさすってくれていた菜々美のお母さんに申し訳ないという気持ちで、ようやく身体を起こした。

「申し訳ありませんでした。ご家族の方のほうがおつらいのに。取り乱してしまいました」

「そんなことはありません。紗彩さんがいつも菜々美のそばにいてくれたお陰で、どんなに心強かったか」

菜々美は、前日の夕方まで普通に会話ができていたという。「明日また来るね」……それが最後の会話になったと、菜々美のお母さんは声を詰まらせた。

今日の朝、意識反応が鈍くなったと病院から家族に緊急連絡が入り、昼頃に呼吸が浅くなってからは、どうすることもできない家族が取り乱す中、菜々美は、眠るように最期を迎えたということだった。

葬儀屋さんがもう少しすると病院にお迎えに来るらしく、お父さんや家族の人たちは、菜々美を自宅で迎える準備や葬儀の相談のため、一足先に病院を出たところだったようだ。

目の前には、眠るような身体がまだあるのに、すでにこの世にはいない菜々美。

誰よりも深い悲しみの中にいるはずなのに、葬儀という現実的な準備に追われてしまう家族。

無理やり何かに押し込まれるように、全てが現実に起きていることなのだと突きつけられる一方で、病室にどうやって来たのかさえ、記憶が曖昧になっていた。ただ茫然《ぼうぜん》とするばかりだった。

「病室の荷物、まとめていた途中だったの……」

申し訳なさそうに手を動かし始めた菜々美のお母さんの顔は、瞼が腫れ、髪がほつれていた。こけた頬は、この日が来ることを頭では覚悟しながらも、母親として、身体の一部を一日一日削り取られてきたことを窺わせた。

私は、帰るべきか、もう少しここにいていいのか迷いながらも、どうしても菜々美のそばを離れることができずにいた。

「あれ、こんな服、いつの間に」

ベッドの下から引き出した紙袋の中身を見ながら、菜々美のお母さんが呟いた。私にも見覚えのあるショップのロゴが入った紙袋だが、まだ真新しいように見える。

菜々美のお母さんが、初めて見るような表情で、菜々美が眠る布団の上にその服を取り出した。私は、一瞬呼吸が止まりそうになった。

――あの時の……。

静かに息を吐き出すと、もう涸《か》れてしまったはずのものがまた込み上げてきそうになる。

もう、菜々美のお母さんの前で取り乱すことはできない。その思いだけで、漏れそうになる声を必死にこらえた。

「この子、いつの間にか、こんな大人びた服を選ぶようになっていたのね」

そう言って、見覚えのある服をお母さんが持ち上げた時に、折りたたまれた服から何かが落ちた。それは、二つ折りにされた便箋《びんせん》一枚と、それに挟まれた手紙だった。

手紙は、菜々美から母親に宛てたものが一つ、そしてもう一つは私宛。

お母さんは、二つ折りの便箋を広げて目を通した後、私にその便箋を差し出した。

「いえ、私は」

明確に私宛でないものは、遠慮すべきだと思った。

「いいから、読んで」

渡された便箋を手に取った。

人は自分の口から物が食べられなくなったら、そう長くはないみたい。

いよいよ、私も覚悟を決めなきゃだね。

紙袋の中に入っているのは、私が旅立つ時のために準備しておいた服です。

この服が似合う私に成長できているのかは少し疑問だけど、この服が相応しい女性として旅立ちたいの。

成人式の振袖も、花嫁衣裳も、お母さんと一緒に選びたかったのに、結局は何も選ばせてあげることができませんでした。

本当にごめんなさい。

それから、
女性は薄化粧を施してから送り出すと聞いたことがありますが、本当ですか?

もし、そうだとしても、私は素顔のまま送り出してください。

だけど、カサカサの唇は恥ずかしいから、愛用のリップだけはお願いします。

お母さんと紗彩に手紙を書きました。手紙は最後のお別れが済んで、気持ちが落ち着いたら読んでくださいね。

「あの子はいつもそうだった。もっと甘えてもいいのに、弱音を吐いたっていいのに。いつもいつも、周りのことばっかり気を遣って」

お母さんは、やるせないため息をついた後、菜々美が身体の異変を訴えたのは、夏休みの頃だったと教えてくれた。

足の痛みが続いたので、最初は近くにある整形外科に通っていたらしい。その時はエックス線検査をしても異常は見つからず、電気をかけたり、シップを処方されたりで様子をみていた。

それでも改善されることがなかったため、医師から総合病院での検査を勧められたという。今となっては、その間にもかなり病状が進行してしまったのではないかと、後悔を口にした。

総合病院ではエックス線検査の他、MRI検査と血液のマーカー検査が行われ、大腿骨《だいたいこつ》に悪性の腫瘍《しゅよう》ができているのが見つかった。

だがそれは、あくまでも転移した腫瘍だという説明を受けて、理解できなかったという。

そもそもの原発巣《げんぱつそう》が見つからないで、転移の腫瘍が判明する原発不明がんは、原発巣を特定することで治療方針が明確になるので、有効な治療方法さえ見つかれば改善される可能性は十分にあるのだと付け加えられた。

しかし、菜々美の場合には、様々な検査を繰り返し行っても、結局原発巣を特定するには至らなかった。

有効な治療法が見つからなかった菜々美には、病気の進行を遅らせることや、がんによる症状を和らげることが治療の目的となった。

改めてその治療方針が告げられると、

「あと、どれくらいですか」

菜々美は蒼《あお》ざめた顔で医師に訊《たず》ねたという。その時にも、崩れそうになったのは私のほうだった……と、お母さんは目の前で眠る娘の顔に視線を落とした。

菜々美は、最後まで笑顔を絶やさなかった。歩き方に違和感があって心配した時も、「軽い捻挫」とか言い訳をしていたが、あれは足の痛みだったのだ。もしそうなら、菜々美はずっと痛みを隠し通していたことになる。

また感情をコントロールできなくなるのが怖くなって、私は立ち上がると、お母さんに挨拶をして病室を後にした。

公営住宅の部屋に戻ると、真冬の冷気が、部屋の片隅にうずくまっているように感じた。その冷気の塊に自ら突き進み、私は棚のペン立てからハサミを取り出した。菜々美の意に反する行動をするのは初めてだったが、少し震える指先で封筒の中身を取り出した。

紗彩へ

驚いてる？　それとも怒ってる？
でもこれが、私が選んだ紗彩とのお別れなの。
愛する人の存在が失われるのはとてもつらいことです。でも、その人の苦しむ姿や、衰弱していく姿を目に焼きつけてしまうのは、もっと苦しむことになるような気がします。まして、自分は何もできなかった、という思いだけは、絶対に背負ってはいけないこと。


これは私のことじゃないよ、紗彩。

紗彩のお父さんのこと。あの時は、紗彩が私に話してくれたことに、何も返す言葉が見つからなかった。

今、私が紗彩とお別れしなきゃならない立場になって、紗彩が、どれだけ家族から愛されていたのかわかります。

だから私と約束して。あの日の自分を責め続けるのは、もうお終いにすると。お父さんが悲しむだけだから。

心の傷は、時に人を弱くさせてしまうことだってあると思う。だけど、紗彩はその弱さを知っているからこそ、私の弱さにも、そっと寄り添っていてくれたんじゃないかな。何も言わずに、ただずっと。

それはきっと、誰にでもできそうでできない、本当の強さなんだと気づいてほしい。

亨君のこと。

あんな無茶苦茶な計画は二度と考えちゃダメだよ。でも、紗彩の気持ち、本当に嬉しかった。お陰で、最後に人生最高のデートが経験できました。

でもね、何も心配いらないよ。

亨君、手も握ってくれないから、私のほうから勝手にギュッてしちゃった。

ただ、それだけだから。

それに、私が紗彩じゃないって告げたら、結局それっきりになっちゃったし。


紗彩との本当のお別れは、二人だけの思い出の場所でしたいな……。


続く文字を、こみ上げる涙が邪魔してたどることができなかった。

ひんやりとした畳に横たわる。このまま冷気に包まれていれば、菜々美のいる場所にたどり着けないだろうか。目を閉じて、菜々美のいた温かい世界を心の中に抱きしめた。

エピローグ

今日は、彼女の手紙に書き記された日だ。

僕は駅に降り立った。

あの時、もう来ることはないと思った駅に、彼女の最後の願いを果たすためだけにやってきたのだ。

指定時刻のバスに乗り込んだ。休日のせいか、思いのほか乗客がいた。小さな子供連れの家族もいる。僕と同じように県外から来たのだろう。

僕は一番後ろの座席に座った。小さなリュックを背負った女の子が、通路を真っ直ぐ駆けてきて、僕の前でまん丸の瞳を輝かせた後、母親がいる前のほうの座席に戻っていった。座席から後ろ向きに顔を出し、小さく手を振っている。僕は、慌てて前にいる乗客を見回したが、誰も反応しないし、女の子の瞳は真っ直ぐに僕を見ている気がしたので、応えるように小さめに手を振った。女の子はニッコリ微笑んだ後、前を向いて座った。自分の気持ちがどうであれ、世の中は、誰を待つこともせず前に進んでいる。そんな当たり前のことを、小さな女の子に教えられた気がした。

宅配便に入っていた手紙を読み、全ての事情と、彼女の胸の内がわかった時は、自分自身が悔しくて、手紙を握りしめてクシャクシャにしてしまった。そして、何も気づけなかった自分を許せなかった。

だが今は、ただ彼女の思いに素直に応えようとしている。僕にできることは、それしかないと気がついたからだ。

プッシューと音がしてドアが閉まり、バスが動きだした。

しばらくは窓の景色を眺めていたが、町並みが過ぎ、民家が途切れ、山並みの新緑が目に映るようになってきた頃、胸のポケットから手紙を取り出し、シワが残る便箋を広げていた。

亨君へ

きちんとした挨拶もなしにお別れをしてしまいました。それが一番の心残りです。

私の名前は、水澤菜々美といいます。紗彩の友達です。


紗彩から、突然「幼馴染みの亨君に、私の代わりに会ってほしい」と言われた時は驚きました。理由を訊くと、「小さい頃の亨君はいたずら好きでたくさん泣かされたから、なんとなく再会するのをためらっている……」というのです。

「なら、会わなきゃいいでしょう」と私が言うと、「でも気になるの……」という、紗彩のその反応を見た時、本当は心のどこかで亨君に会いたい気持ちがあるんじゃないのかな、と思いました。

だから、紗彩のためなら……と、一度だけ私が紗彩になって再会して、紗彩に相応しいか相応しくないか、亨君を試すことにしたのです。本当にごめんなさい。

再会場所にスキー場を選んだのも、変なイジワルを考えたのもそのためですが、思い出すだけで本当に恥ずかしくなってしまいます。初めてのスキーで亨君を困らせようとしたはずでしたが、必死に頑張る姿にいつしか応援している自分がいたり、ふとした場面で見せる亨君の表情が、まるで私の見えない心の内を気遣っているように感じて、途中から、私のほうがどうにかしてしまいそうでした。

「僕は二人で楽しみたいんだ」足の痛みで一緒に行動できない私に、亨君は「スノーモービル体験しよう。二人で楽しもうよ」と言ってくれました。二人乗りの体験をした時、亨君の背中から伝わる温もりで、ずっと閉じ込めていた何かが心のすき間から静かに溢れ出し、涙と一緒に私の頬を伝いました。

母も紗彩もずっと私のことを心配し、そして想ってくれていました。その気持ちが分かりすぎるから、今以上の心配はかけたくなかった。でも本当は誰かに思いっきり甘えたかったのです。

あの日、「また会いたい」と亨君に言われた時、どう返事をすればいいのか迷いました。友達としての私の役割を考えればもう会う理由がないからです。紗彩に「亨君はいい人だから、何も考えずに再会しなよ」そう言えば済むことです。でも、私が報告をしなくても紗彩は初めから亨君が素敵な人だと分かっていたはずです。

亨君の画像を送った時に、紗彩から返信されてきた内容に隠された本当の意図に気がついた時、私と亨君の出会いは、私が、紗彩のためなら……と考えるよりも前に、紗彩のほうが、私のために計画した再会だったことを確信しました。

誘ってくれた亨君にどのような返事をすればいいのか、正解が見つからないまま、日ごと、会いたい気持ちは募っていくばかりでした。だから、紗彩が私のために考えてくれた計画に、もう一度だけ甘えてみたい、私が、ずっと思い描いていたデートを、亨君としてみたい……そう思い始めたのです。

だって、それはこの世で最後のチャンス。

私は、もうそんなに長くはないのだから。

二度目に会う日の朝は、とても緊張しました。それは、私にとって一度目とは目的が違っていたからです。それなのに、顔色があまりよくなかったので、もうがっかり。

だから、少しだけファンデーションを塗り、隠してデートに向かいました。

でも、亭君の顔を見たら、凄く元気になれたんですよ。不思議ですよね。亭君と過ごす時間は本当に楽しかった。そして幸せだった。だから、時があっという間に過ぎてしまう感覚で、とても、とてももったいない気持ちでした。もっとこの時間を長く味わっていたいのに。今日が最後じゃなくて、三度目も、四度目もあればいいのにって、苦しくてそして切ない気持ちになりました。

映画館でどうしてあんなことを言いだしたのか、自分でもわかりません。

私は、紗彩として亭君と会って、紗彩のままお別れをしてしまうのが、耐えられなくなったのかもしれません。

亭君から、水族館で「可愛い」と言われたこと。化粧なんかしていないありのままの私を「好き」と言ってくれたこと。それは、紗彩じゃなくて、私自身に向けられた言葉じゃなかったのかな……そう思いたかった。

二度目のデート。本当はその願いが叶っただけで満足するつもりでした。でも、亭君が私をどう思っているのかを、どうしても知りたくなってしまったのです。亨君は、私が紗彩だから会ってくれた。私が紗彩だから優しくしてくれた。そんなことははじめからわかっていたはずなのに……。

映画館で私が場外に出た時、亨君はすぐについてくるものと決めつけていました。亨君を困らせるような行動をしておきながらも結局は傷つきたくなかった……。だから、しばらく待っていても、亨君が姿を見せなかった時は驚きました。もう叶うはずのない恋だと知りながら、うれしさで涙が溢れました。そして、怖くなって逃げだしたのです。

新幹線のホームに向かう階段を、肩を落として上っていく亨君の姿が、あの日、私の心に刻みこまれた、最後の一枚になりました。

亨君、私は亨君との楽しい時間、切ない時間、どれも、私の心にだけしっかりと刻みました。だから亨君も、もし私の写真がある時には、必ず削除してください。そして、心にだけ留めておいてほしいのです。

亨君が約束してくれるなら、私も映画館での最後の約束を果たします。もう一度、亨君の前に現れます。信じてください。

同封の小瓶に入っている星砂を、私が指定した日に、私にとって特別な場所に撒《ま》いてください。私が天国に行ってから、南の島に行くためのおまじないです。


亨君が来てくれるのを信じて、私はその場所で待っています。


今日のこの日まで、何度この手紙を読み返しただろう。決して巻き戻せない大切な時間があることを、誰よりも知っているはずの自分が、この先、やり残したと後悔するような行動だけは、絶対に取りたくなかった。

降り立ったバス停は、山並みと田んぼが広がる景色の中に、ポツンポツンと民家があるような場所だった。目印がないようなこの場所で、彼女の書いた地図が本当に役立つのか不安だったが、今はそれを頼りに歩いてみるしかなかった。

道路を西の方角に進み、右手にある住宅を二軒過ぎたところで、北側に入る道があるようだ。

実際にその道の入り口までたどり着くと、小高い丘に桜の木が一本だけ立っているのが見えた。その桜の木を目指すように、なだらかな坂道が大きく左に曲がるように続いている。

僕は、彼女がどんな思いでこの場所を選んだのかを確かめるように、辺りを眺めながらゆっくりと歩いた。

ゴールデンウィークの初日、農作業をしている人が遠くに見えるだけで、とても静かだった。この辺りは、実際のカレンダーよりも、手掛けている作物の成長や、作業の進捗具合が、人々にとっての暦なのかもしれない。

遅い桜前線が、ちょうどこの里山の桜を満開にしていた。この地で厳しい冬を乗り越えてきた人たちにとって、小高い丘に立つこの桜は、特別な思いを抱かせる存在なのかもしれない。

ようやく丘の頂《いただき》に立った。

頂から少し下がった場所に立つ桜の木は、目の前にすると、意外に大きく感じられた。

その根元に祠があり、祠の中にはお地蔵様が静かに佇んでいた。彼女の指示した場所に違いなかった。

眼下には雄大な田園風景が広がり、その奥に見える山並みの緑はまだ新しく、その若い葉の色が、かえって大地から享受されるエネルギーを垣間見せているようだった。

時折吹く清々しい風が、坂道を上ってきて少し汗ばんだ肌に心地よかった。

一息ついた後、リュックから小瓶を取り出した。彼女が指示した通りに、一つひとつ順番に事を進めた。

祠の中に佇むお地蔵様に一礼をして、小瓶の蓋を開けてお供えをした。

――彼女の望み通り、どうか、南の島に行けますように――

実際にはそこまで細かな指示はなかったが、彼女のためにお祈りをした。

彼女の指示した内容から漏れていることはないだろうか？

――そうだった――

スマートフォンを取り出し、フォトのアイコンをタッチした。彼女の写真を削除することは、結局今日までできていなかった。

隠し撮りしたたった一枚の写真、僕と対峙《たいじ》していた時とはまた違ったその表情を見るたびに、素の彼女を独り占めしたような、特別な感傷で心を満たした。そして、その後はいつも、ふいにどこからか「亨君」と彼女が笑顔で現れるような気にさせてくれた。

それでも……。

天国で南の島に行くという彼女の願いが叶うように、そして、もう一度僕の前に現れるという彼女の約束を信じて、写真の中の横顔を瞳に焼きつけた。そして削除をタッチした。

ふと、彼女の通信アプリのネームが『ｓａｋｕｒａ』だったことを思い出した。もしかしたら、この桜の木から付けたのだろうか。

僕は桜の木に近づいて、少しだけごつごつした幹の表皮に掌を当てた。

見えない彼女が、同じようにこの幹に掌を当てているような気がして、僕は目を閉じた。

――本当にここにいるの？　僕は、約束どおり、ここに来たんだよ――

しばらくそうしていたことで、ようやく気持ちが落ち着いた。あとは、いよいよ彼女から頼まれた〝おまじない〟を行動に移すだけだった。

小瓶をお地蔵様から下げて、丘の一番高い場所に立った。

その小瓶を右手に持ち直し、中身の星砂を、眼下に広がる景色めがけて勢いよく撒いた。

その時、突然一陣の風が吹き上げ、星砂は青空めがけて舞い上がっていった。

一瞬の出来事に驚いたが、すぐに、何事もなかったように元の静けさが辺りを包んだ。

その後は何も起きなかった。

僕が信じたかったこと、そして、彼女が約束したようなことは何も……。

彼女も僕も、心のどこかでは初めからわかっていたはずだ。現実世界で生きていれば、受け入れなければならないことがあるということを。

ぼんやりと眼下に広がる景色を眺めていた。なぜだか、映画館のポスターの前での会話を思い出していた。

『何かお願いしたの？』

『もし、お願いしたとしたら何のお願いだと思う？』

僕が首を傾げた時、

『映画を見た後、想像してみて』

彼女にそう言われたが、僕にはさっぱりその意味がわからなかった。

今ならわかるような気がした。定められた時間の中で生きていた彼女が、叶わぬことと知りながら、どんな奇跡を願っていたのか……。


お地蔵様に挨拶をして、脇に置いたリュックを肩にかけた。もう一度だけ美しい景色を眺めた。無意識に吐息がもれた。

——せめて、南の島には行ってくれよ——

二つの願いは無理だとしても、残りの一つだけはどうしても叶えてほしかった。

僕にできることは、全てやった。

気持ちを切り替え、眼下の景色を背にして歩きだすと、丘の頂から帰る道が目に入った。右に曲がるなだらかな下り坂。まだ一時間も経っていないだろう、桜の木をめがけて僕が歩いてきた道だ。

その坂道を僕が歩いてきたように、誰かが——いや、彼女が、ゆっくりとこちらに向かって歩いてくる姿が見えた。

『もう一度、亨君の前に現れます。信じてください』

——こんなことが、本当に起きるのか？

僕は半信半疑のまま、彼女が歩いてくる姿をじっと見つめていた。

カーブを曲がり終えた辺りで、ふと彼女が立ち止まり、僕のほうを見た。

彼女は僕を見つめて、しばらく動こうとはしなかった。

視線はぶつかり、そして交わった。

——違う、彼女じゃない。

僕は、すぐに彼女が誰であるかに気がついた。

紗彩だ。
正真正銘の。
九年ぶり、いや、十年ぶりになったのだ。
僕は視線を逸らさなかった。
紗彩も同じだった。

そして僕は、彼女の願いの、本当の、もう片方を知った。
僕が思い至った時、紗彩もそれに気がついたのだと思う。
紗彩は覚悟を決めたように、ゆっくりと歩きだした。一歩ずつ。
僕のいる、この地蔵桜のある丘に。

名もなき桜　了

この物語はフィクションです。
登場人物、団体等は実在のものとは一切関係ありません。
本書は書き下ろしです。

著者プロフィール
石丸 千尋（いしまる ちひろ）
1968年生まれ。
福島県出身。

名もなき桜

2021年2月15日　初版第1刷発行

著　者　石丸 千尋
発行者　瓜谷 綱延
発行所　株式会社文芸社
〒160-0022　東京都新宿区新宿1－10－1
電話　03-5369-3060（代表）
03-5369-2299（販売）

印刷所　株式会社フクイン

ISBN978-4-286-22345-2